KB133459

창작과 농담

창작과 농담

이슬아의 창작 동료 인터뷰

황소윤, 김규진, 장기하, 강말금, 김초희, 오혁

글 이슬아

자신의 내부로 깊이 파들어가면 뭔가 알 수 있을 것 같아서 했는데,

무려 백 년 전의 사람들도 같은 일을 했던 모양이더라고요?

그렇게 해도 결국 알아내지는 못했다고

그들이 말하는 듯했습니다.

— 타카노 후미코, 정은서 역, 『나를 해체하는 방법』, 고트, 2020, 21쪽.

당신은 왜 그런 당신이 되었는지 궁금합니다.

어쩌다 그런 것을 만들게 되었는지도요.

차례

황소윤 × 이슬아   15
걱정 마 시스터

김규진 × 이슬아   87
일과 사랑의 천재

장기하 × 이슬아   165
말 같은 노래, 노래 같은 말

강말금 × 이슬아 × 김초희   247
절망에게 바치는 유머

오혁 × 이슬아   319
멋과 미에 대하여

에필로그   396

황소윤 × 이슬아

2020.03.08.

걱정 마 시스터

황소윤을 차에 태우고 파주로 왔다.

내 눈에 그는 눈부신 신인이다. 모든 창작자가 신인 시절을 거치지만 황소윤은 유달리 찬란한 신인의 광채를 머금고 활동 중이다. 새 신(新)과 사람 인(人)으로 이루어진 이 단어는 그야말로 '새로운 사람'을 가리키는데, 신인의 왕은 뭐니 뭐니 해도 자기 자신에게 놀라는 사람이 아닌가 싶다. 사람들을 놀래키는 것을 넘어서, 스스로도 깜짝 놀랄 만한 무언가를 내놓는 사람 말이다. 도무지 내가 만든 것처럼 보이지 않을 정도로 탁월한 뭔가를 완성하며 새로운 사람이 되는, 그런 멋진 순간을 모든 창작자가 경험하지는 않는다. 하지만 황소윤은 분명 그런 순간을 알 것이다. 그런 점에서 새소년이라는 밴드 이름은 그에게 몹시 걸맞지 않은가. 그는 독보적인 뮤지션이자 남다른 퍼포머이고, 기깔나는 연주자이자 감 좋은 아트 디렉터다. 그 모든 역할을 놀라운 속도와 퀄리티로 선보여왔다. 나는 그가 어떻게 해낸 건지 궁금했다.

무대 위 황소윤에 관해서는 더 얹을 말이 없다. 그건 텍스트가 아니라 비디오로 봐야 하는 모습들이다. 이 인터뷰는 무대 아래 황소윤의 대화 방식을 알아가기 위해 진행되었다. 황소윤은 어떻게 말하는가, 어떻게 듣는가, 그리고 어떻게 질문하는가를 탐구하는 인터뷰다. 그러다 내가 발을 헛디디는 인터뷰이기도 하다. 인터뷰가 진행된 날은 3월 8일 세계 여성의 날이었다. 황소윤은 알고 있었지만 나는 모르고 있었다. 대화는 파주 헤엄 출판사 2층에서 진행되었다.*

---

* 헤엄 출판사는 이후 2021년 여름에 성북구 정릉동으로 이주하였다.

이슬아　저희 둘 다 90년대에 태어나 창작자로 살아가고 있지요. 무척 빠른 속도로 이룬 지금까지의 성취를 어떻게 느끼시는지 궁금해요. 국내뿐 아니라 해외에서도 커다란 무대에 여러 번 섰고 거장들과의 협업도 경험했잖아요. 저는 그보다 작은 규모의 유명세에도 가슴이 울렁거리던데요. 자고 일어나면 모든 게 다 꿈일 것만 같았고 통장 잔고도 다시 0원이 되어있을 것 같았죠. 소윤 씨는 어떠셨나요. 가끔 불안하거나 이상하게 느껴지지는 않았나요.

황소윤　지금도 완벽하게 적응하진 않았어요. 차근차근 과도기를 겪으며 해결되는 중이랄까요. 처음엔 사람들이 저를 소비하게 된다는 것 자체를 조금 받아들이기가 힘들었어요. 연예인 혹은 아티스트라기보다 그냥 노래를 하고 기타를 치는 사람 정도로 생각해왔는데, 그런 내가 누군가에게는 공인처럼 보이게 되었다는 것이요. 어떤 부분에서든 대상화가 되는 느낌도 받았고요. 어쨌든 이게 업이 되면서 자연스럽게 맞이하게 된 국면인 듯했어요. 이왕 맞이할 거면 좀 더 제대로 맞이해보자 싶었어요. 오히려 지금은 조금 더 영향력을 얻고 싶다고 생각해요.

이슬아 모두에게 정확히 이해받으려는 욕망을 내려놓아야 하는 것 같아요. 유명해지면서 오해도 매일매일 따라다니니까요. 오해받는 것을 크게 신경 안 쓰는지 궁금해요.

황소윤 저는 굉장히 분열적인 자아를 가지고 살아가는데요. 일종의 대상화가 되었을 때도 그 부분이 완전히 제가 아닌 건 아니라서 인정할 때도 있어요. 오히려 요즘엔 반대로 그냥 나의 다른 부분들까지 드러내보고 싶어져요. 어떤 강박이 쭉 있었던 것 같아요. 나의 것 중에 가장 최선의 것만 보여줘야 한다는 강박이요. 제 안의 많은 강박을 무너뜨리고 싶어요.

이슬아 2019년에 발매된 소윤 씨의 솔로 앨범 《So!YoON!》이 속 시원했던 건 그래서일지도 모르겠어요. 모든 트랙에 일관성이 없고 무척 분열적이죠. 하나로 정리되지 않고요. 한편 밴드 새소년이 처

음 등장했을 때부터 황소윤은 마치 다 준비된 채
나타난 사람처럼 보이기도 했어요. 뮤지션으로서
의 자아가 확립된 시기를 언제부터라고 치나요?

황소윤　그러니까 뭔가, 자신을 프로페셔널이라고 느꼈던
순간을 말씀하시는 거예요? 반대로 슬아 씨는 본
인이 '아, 나 이제 책 써도 돼'라고 느꼈던 순간이
언제였어요?

이슬아　아… 음…

황소윤, 이슬아　(웃는다)

이슬아　책을 써도 되겠다고 느낀 건 최근이지만 작가 생
활의 시작은 처음 원고료를 받은 순간부터라고
생각했어요. 창작으로 만 원이라도 벌었다면 직
업 세계에 들어온 거 아닌가 싶었죠. 사실 스스로
도 계속 확신이 없었는데요. 남들이 작가라고 불
러주지 않더라도 일단 내가 내 깃발을 세워야 하
더라고요. '저는 글을 쓰는 사람이고, 지면을 맡
겨주시면 잘 해낼 수 있습니다'라고 어필하며 다

넜던 이십 대 초반이 생각나요. 일을 받기 위한 자기소개였지요. 밴드 새소년 역시 호응을 얻기 전에 셀프로 깃발을 세웠던 시기가 당연히 있을 텐데요. 그 시점이 언제인지 궁금하고, 필드에서 인정받았기 때문에 현역이라고 느꼈을 시점도 궁금합니다.

황소윤 처음 받는 질문이라 지금부터 생각해보게 되네요. 어쨌든 시기를 나누는 기준이 돈의 영역은 아니었던 것 같아요. 그러니깐 돈을 벌기 시작해서, 혹은 팔리기 시작해서 출발이라고 생각하지는 않았어요. 굳이 처음이라고 생각하는 순간을 꼽으라면 정말 홍대 클럽에 처음 발을 디뎠을 때, 처음 공연에 섰을 때였던 것 같은데요. 열아홉 살 즈음이었어요. 그전까지는 학교 다니면서 카피곡 연주하고 클럽 빌려서 공연해보는 정도였죠. 직업이 될 거라고 생각하지 않았어요. 돈을 벌겠다는 생각도 없었고요. 공연을 너무 하고 싶고 음악이 가장 즐거운 도구니까 이게 내 업보다, 어쩔 수가 없다 싶었어요. 어떤 순간에든 보는 이들을 만족시켜야 한다고 다짐했던 건 앨범을 내고 나

서였지요. 관객들께서 기꺼이 나를 보러 와주었
으니까, 단순히 내 감정에 취해서 혹은 나만을 위
해서 서는 게 아니게 되었어요. 그것조차도 처음
에는 받아들이기 힘들었어요. 내가 진정 즐겁지
않을 때도 즐거운 것을 끌어내야 한다는 것이.

이슬아   첫 무대가 어땠는지 기억나시나요?

황소윤   첫 공연장은 지금 슬아 씨네 거실보다도 작은 공
간이었어요. 새소년이 완성되기 전에 프로토타입
의 공연들이 몇 번 있었는데, 음… 기억나요. 12
월 23일이었고 스무 살을 앞둔 겨울이었어요. 그
때 처음 소윤이라는 이름으로 홍대에서 공연했
었어요. 관객은 공연자들 빼고 한두 명 정도 있
었나.

이슬아   거의 합주실이라고 보면 되겠네요.

황소윤   합주실보다도 좁았죠. 그냥 '해냈다'라는 정도의
기억이에요. 어쨌든 무대를 항상 너무너무 좋아
했기 때문에 재밌었고 긴장했던 게 생각나요.

이슬아　무대를 항상 너무너무 좋아했다니.

황소윤　초등학교 때부터 그랬어요. 무대에 오르는 걸 좋아하기도 했지만, 보는 것도 좋았어요. 유년기에 운이 좋게도 공연을 정말 정말 많이 보러 다녔거든요. 콘서트, 국내 외 뮤지컬, 연극, 전시… 아버지의 직업상 일주일에 한두 번씩 꼭 티켓이 생겼어요. 무대에 대한 로망이 컸고요. 너무 멋진 공간이라고 생각했어요. 약간 우주를 보는 것 같기도 하고….

이슬아　아버지는 왜 티켓이 많이 생기셨던 거죠?

황소윤　아버지 직업이 기자셨는데 당시 김영란법이 없었어요. 그래서 초대표가 많았죠.

이슬아　결정적인 유년의 환경이네요.

황소윤　되게 큰 영향이었던 것 같아요.

이슬아　지난 2월 '유희열의 스케치북'에 출연하셨을 때 말씀하셨죠. 중학교 때 원타임 노래를 좋아했다고요. 그 노래 중에서도 특히 〈Hot 뜨거〉라는 곡을…

황소윤 아, 그 부분이 방송에 나갔군요.

이슬아 모니터링 잘 안 하시는구나. 자아를 영상으로 다시 보는 거 버겁긴 하죠. 공연 영상도 다시 안 보시나요?

황소윤 네. 공연이든 방송이든 뭐든 제가 나온 거 잘 안봐요. 프로로서는 실격 사유일지도 모르겠지만 잘 못 보겠어요. 제 뮤직비디오 보다가 목이 쉰 적도 있어요. 괴성을 너무 많이 지르다 보니…

이슬아 찍을 땐 최선을 다해 찍지만 다시 보진 않는다는 거죠. 음악을 많이 듣던 *꼬꼬마* 시절에는 어떤 아이였나요?

황소윤 음악방송을 모두 챙겨봤던 꼬마여서 그 때 가요는 정말 다 알아요. 성격은 내성적이고 쑥스러움이 많은 편이었어요. 어렸을 때부터 꾸준히 창작을 해왔지만 잘 드러내지 않았죠. 곡을 쓰더라도 딱 부모님한테만 겨우겨우 들려드렸고요. 노래를 부른다는 것 자체가 너무너무 부끄러웠어요. 완벽주의도 심했어요. 제가 노래를 한다는 걸 친구들은 전혀 몰랐을 정도로 닫혀있던 아이였는데, 언젠가부터 '내가 꺼내 보여도 사랑받을 수 있구나, 사랑을 받는구나' 하는 믿음이 조금씩 생겼던 것 같아요.

이슬아　무대가 갈수록 조금 더 편해지거나 쉬워지기도 하나요?

황소윤　어… 무대는 갈수록 더 어려워요.

이슬아　갈수록 더 기대받기 때문일까요?

황소윤　욕심이 더 생기기도 하고요. 뭔가 보여줘야 한다, 보여주고 싶다는 마음 때문에 더 어려워져요. 평정심을 유지하게 된 건 비교적 최근이에요. 무대에서의 순간만큼은 이성적일 필요가 없다고 스스로 계속 주입하고 있어요. 그 순간은 그 순간일 뿐이니까, 돌이킬 수 없으니까 최대한 나를 놓으려고 하는 편이에요. 그러면서 더 와일드해지기도 하고. 어떤 사람들은 "쟤 퍼포먼스가 왜 이렇게 과해?"라고 말할 수도 있지만 그냥 제가 저를 더 내려놓았기 때문에 나오는 것들이에요.

이슬아 매번 잘 내려놓아지나요?

황소윤 그렇진 않아요. 뭔가… 한 번도 입 밖으로 표현해본 적은 없지만 성욕도 되게 높을 때가 있고 낮을 때가 있잖아요. 항상 높을 수만은 없잖아요. 가끔은 욕구가 낮아도 최대치로 끌어올리려고 하는 그런 노력이랄까요.

이슬아 생리 주기나 몸의 컨디션과 상관없이 의지를 가지고 성욕을 끌어올리는 것과 비슷하다는 건가요?

황소윤 응응, 그런 호르몬의 작용과 상관없이 나를 항상 극단적으로 만들어보려고 하는 과정일지도 모르겠어요.

이슬아   그렇게 만들어보려는 과정이 동시에 뭔가를 내려
놓는 과정이기도 하다는 거죠?

황소윤   네.

이슬아   어떻게 가능한 거지.

황소윤   순간적으로 미쳐보려는 것이지요. 스파크가 조금
만 나도 불이 확 붙을 때가 있고, 성냥갑을 계속
긁어야 겨우 붙을 때도 있잖아요. 안되는 날에도
그냥 계속 몇 번 긁는 거예요. 공연 전에도, 공연
중에도 불을 계속 붙이려는 노력이 있어야 한다
고 생각해요.

이슬아   재밌다. 아무리 그어도 불이 잘 안 붙는 날도 있
지 않나요?

황소윤   있죠. 공연의 상황이나 무대의 조건 때문이기도
하고… 혹은 내가 생각이 너무 많아서요. 무대에

서 이걸 못해내면 어떡하지, 까먹으면 어떡하지 싶어서 약해질 때가 있잖아요. 그런 시기가 있었어요. 온전히 무대를 즐기지 못하는 시기요. 다행히 잘 지나간 것 같고 지금은 '어떻게 미쳐볼까' 이런 궁리를 해요.

이슬아　이야기를 들을수록 소윤 씨가 자신의 공연 영상을 자주 다시 보지 않는 게 이해돼요.

황소윤　가장 와일드하고 감정적이었을 때의 나를 다시 본다는 게 쉽지 않은 것이지요. 슬아 씨는 본인의 책을 자주 다시 보나요?

이슬아　잘 안 보죠. 책을 편집하고 완성하는 과정에서 토나올 정도로 많이 보니까요. 제 글을 쓰다가 쌓인 온갖 자아의 독소를 희석하기 위해서라도 필사적으로 다른 작가의 글로 도망치죠. 그치만 비슷한 장르를 쓰는 동년배 작가들 글을 아주 많이 읽지는 않아요. 아예 다른 장르 혹은 뜬금없어 보이는 곳에서 영향받고 싶기 때문이에요. 오히려 비소설, 비문학을 읽는 게 저에게 더 필요하다고 느껴요.

황소윤 비슷해요. 저도 고백하건데 음악을 그렇게 많이 듣는 편은 아니에요. 다른 동료 뮤지션들에 비하면요. 그저 취하고 싶은 것을 취해야 할 때에만 듣는 편이에요. 뜬금없는 걸 들을 때도 많아요. 저와 비슷한 음악을 하는 밴드를 자주 듣지는 않아요.

이슬아 피드백의 영향에 관해서도 이야기해보고 싶어요. 어렸을 때 만든 음악을 부모님께 겨우 들려주셨다면서요. 어린 황소윤이 만든 음악을 듣고 부모님은 어떤 반응을 하셨나요.

황소윤 저희 부모님은 굉장히 냉철하신 편이에요. 없는 말 안 하고 항상 디테일한 피드백을 주세요. 요즘도 그러시고요. 방송 나온 거나 공연 영상들을 보시고 세심하게 체크해서 말해주시죠. "거기서 음정 나갔더라.", "그 부분에선 이렇게 말했어야 된다." 하고.

이슬아   그렇구나. 놀랍네요.

황소윤   되게 예리하신 분들이에요. 너무 심하게 피드백
        줄 땐 제가 좀 피곤해져서 그만하라고 할 때도 있
        는데, 대부분은 너무 좋은 피드백이죠. 유일하게
        제가 믿을 수 있는 관객들이었어요. 이렇게 나를
        잘 알고 냉철하게 피드백해주는 사람들이 없었으
        니까요.

이슬아   상반되는군요. 저는 부모님이 조금이라도 지적하
        려고 하면 절대 못 하게 했어요. 어차피 제가 지
        적받고 혼나는 곳이 따로 있으니까요. 글쓰기 수
        업에서랄지, 일터에서랄지, 댓글 창에서랄지…
        부모 당신들은 나의 유일한 베이스캠프이고 나의
        정서적 안식처니까 나에게만은 예리해지지 말라
        고 요구했던 게 생각나요. 다른 데서 혼나고 고치
        고 스트레스받는 것만으로도 충분하달까.

황소윤   저희 부모님은, 물론 옛날 일이기는 하지만 저에
        게 약간 음악적 동료 느낌이었달까요. 그분들이
        음악을 하지는 않아도 객관적이고 필요한 피드

33

백을 주는 사람들이었어요.

이슬아 소윤 씨가 대안교육 판에 있었던 것은 그런 부모
님의 영향도 있었겠죠.

황소윤 맞아요. 어쩌다 보니 초, 중, 고 모두 대안학교를
다녔네요.

이슬아 저도 중, 고등학교 내내 대안학교에 다녔는데 그
시절은 뭐랄까, 중닭 같은 시기로 기억에 남아있
어요. 병아리와 닭 사이처럼 애매하고 못생긴 시
기로요. 하지만 어떤 기질들은 그때부터 태동하
기 시작했겠지요. 소윤 씨는 학교에서 어떤 애였
어요? 저는 대안학교의 모범생이었고 심지어 기
상 도우미였는데요. 제일 일찍 일어나서 샤워하
고 기숙사 돌면서 애들 깨우는 일 담당하는 애 있
잖아요.

황소윤 아, 싫다! 정말 내가 제일 싫어하는 애가 기상 도
우미였는데!

이슬아　당신, 기상 도우미 해본 적 없지?

황소윤　당연히 없죠! 저는 항상 제일 늦게 일어나서 벌점 받던 애였어요. 6년 내내 욕먹고.

이슬아　저는 그런 애들 보면서 늘 생각했어요. '왜 저렇게 사냐…'

황소윤　Oh… Shit…

이슬아　같은 학교 다녔으면 서로 진짜 싫어했겠다.

황소윤　진짜 그랬겠다. 게다가 선후배였을 거 아니야. 진짜 싫었을 것 같아.

이슬아　선후배였으면 그나마 덜 가까워서 안 싸우는데. 만약 친구였으면 대놓고 욕했을 것 같네. "황소윤 쟤 진짜 문제 있다. 어떻게 맨날 늦냐."

황소윤　저는 말했겠죠. "이슬아 쟤 왜 저렇게 재미없게 사냐."

이슬아　잘 모르시겠지만 기상 도우미 일에도 어떤 미학이 있어요. 여러 방식으로 애들을 깨우거든요. "아침이야~"라고만 말해도 일어나는 애들이 있는 반면 등을 쓰다듬어주고 껴안아줘야만 일어나는 애들도 있죠. 어떤 애를 깨우느냐에 따라 섬세하게 방식을 바꿨죠. 근데 당시 기상송이 있었는데 그건 선배 언니들이 트는 거라 저의 재량으로 바꿀 수 없었어요. 슈퍼주니어가 전국을 제패하던 시절이라 〈U〉라는 노래가 새벽부터 시디플레이어에서 흘러나왔어요. "Cuz I can't stop thinking about U girl~ 널 내 꺼로 만들 거야~" 그 노래 사이로 제가 복도를 걸어서 방문을 열어젖히고 불을 켜는 거죠. 그렇게 아침마다 가장 증오받는 사람이 돼요. 하지만 이미 저는 텅 빈 샤워실에서 홀로 말끔히 샤워를 마친 상태예요. 학교에서 보급하는 생협 EM 샴푸로 머리도 박박 감고요.

황소윤　(경악하며) EM 샴푸라니… EM 샴푸 너무 오랜만이잖아… 제 청소년기는 그냥 딱 두 글자로 요약할 수 있을 것 같아요. '악동'. 범법 행위를 한 건 아니지만 너무나 장난꾸러기였죠. 초등학교 때부터 그랬어요. 수업 째고 놀러 가고.

이슬아 째고 어디 가는 거예요? 많이 안 째봐서 애들이 어디 가는지 다는 모르겠네요.

황소윤 읍내로 나가서 슈퍼에서 뭐 사 먹고. 읍내까지 걸으면 한 시간 정도 걸리는데 히치하이킹해서 가고. 여자 기숙사에서는 애들 얼굴에 낙서하고. 취침 도우미가 자러 가라고 할 때 안 자고. 그러다 늦게 일어나고. 퇴소 안 하고 화장실에 숨어있다가 들키고. 단체로 뭐 해야 할 때 혼자 음악실 가 있고… 그야말로 악동이었는데 그렇다고 심한 문제를 일으키는 건 아니었어요. 재미있게 살았어요.

이슬아 저도 재미있게 살았어요.

황소윤 아니야.

이슬아 (웃음)

황소윤 아무튼 그 당시엔 너무 갇혀있다고 생각했어요.
시골 귀퉁이에 있는 그 학교에.

이슬아 맞아요. 대안학교 특유의 폐쇄성이 있지요.

황소윤 중고등학교 내내 달고 살았던 말이 "아 나 학교
나갈 거야."였어요.

이슬아 그래 놓고 끝까지 다 다녔죠?

황소윤 네. 꼭 그런 애들이 다 다니고 졸업하잖아요. 나
름 재미있게 지냈지요. 힘든 일들도 분명 있었지
만 그때부터 기타도 열심히 쳤고 음악도 열심히
했어요.

이슬아 그 시절에 최초로 블루스곡도 만들었다면서요.
학교 탈출하는 블루스곡.

황소윤 신기하지 않나요. 우리가 이렇게 다른 학창 시절
을 보내고 이렇게 마주 앉아있다는 것이.

이슬아   물론이에요. 공통점도 분명 있을 텐데요. 유년기 때 어떤 책을 주로 읽었나요.

황소윤   상상의 나래를 막 펼칠 수 있는 책들을 좋아했어요. 대부분 소설이었고 판타지가 있는 이야기들이었죠. 어딘가 평범한데 이상한 구석이 있는 『찰리와 초콜릿 공장』이나 『나니아 연대기』처럼, 어떤 조력자가 나타나서 누군가의 삶이 조금씩 나아지는 이야기요. 초등학교 땐 『해리 포터』시리즈에 정말 깊이 빠졌어요. 어느 정도로 심취했냐면 그 책들은 무조건 양장본으로 샀어요. 왜냐하면 나는 해리 포터고, 해리 포터라면 꼭 양장본을 가져야 하니까…

이슬아   미치겠다.

옆에서 촬영하던 사진가 황예지

저도 어렸을 때 계속 궁금했어요. '아, 호그와트가 나를 왜 안 부르지?'

모두   아하하

황소윤　저도요! 설정상 초등학교 4, 5학년 즈음에 편지가 날아오거든요. 비슷한 나이가 됐을 때 맨날 우편함을 확인했죠. 호그와트에서 나 부를까 봐. 마법 빗자루도 직접 만들었고요. 학교가 산에 있으니까 가지가 뻗친 나무들을 쉽게 구할 수 있어서요. 그걸로 빗자루 만들고 지팡이 만들고… 해리 포터 속 책들은 고서들이니까 다 빛바래고 구겨져있잖아요. 그게 너무 멋있어 보여서 저도 제 양장본 책을 한 장 한 장 다 구겼어요. 그러다 엄마한테 혼나고… 그 정도로 판타지 세계에 빠져 살았어요.

이슬아　해리 포터에서 가장 이입한 인물이 해리였나요?

황소윤　친구들이랑 해리 포터 놀이를 하면 항상 해리 역을 맡았지만, 사실 저는 말포이를 가장 좋아했어요.

이슬아　뭐라고요…? 말포이?

황소윤　왜냐하면 아무도 좋아하지 않았기 때문이죠. 그래서 피규어를 사도 인기 많은 해리나 헤르미온느 말고 꼭 말포이 피규어를 샀죠.

이슬아 저는 소윤 씨 노래 중 〈판타지(FNTSY)〉를 너무나 좋아하는데요. 그동안 어떤 판타지를 꿈꿔왔길래 이렇게 훌륭한 곡을 썼을까 궁금했단 말이죠. 어렸을 때 진짜로 판타지 장르의 애독자였네요. 십 대 때의 판타지와 이십 대 때의 판타지는 어떻게 달라졌을까요. 살아보지 않은 허구, 아직 도래하지 않은 미래에 대해 요즘에는 어떤 생각을 하시나요?

황소윤 사람들이 미래를 예측하는 이야기가 재밌어요. 어떻게 될지 모르는 아무도 안 살아본 미래잖아요. 〈판타지〉는 앞선 트랙 〈미래〉라는 곡의 연장선인 노래인데요. 재키와이라는 친구와 함께 곡을 만들었고 그 만남이 정말 중요했어요. 〈미래〉에서 무척 추상적으로 판타지를 다뤘다면, 〈판타지〉에서는 '우리 좀 현실적인 이야기를 해볼까. 우리는 이 신에 현존하는 여성 아티스트니까 더 많은 여성들에게 이야기를 해볼까. 우리가 맞이

하게 될 미래 여성의 세상을 말해볼까.' 그렇게 같이 이야기를 나누다가 탄생한 곡이에요.

이슬아 "걱정 마 Ma sister"라는 가사가 수십 번 반복되는 노래죠. 그게 너무 좋단 말이에요. 걱정 말라고 얘기하기 어려운 시대에 부르니까 더욱더. 소윤 씨는 다른 여자에게 걱정 말라고 자주 얘기하는 편인가요. 혹은 이런 말을 해주는 다른 여자가 있었나요.

황소윤 "걱정 마"라는 말을 많이 하기는 해요. 무턱대고 믿는 구석이 있기도 하고 무대포 근성도 있고. "걱정 마, 가자!" 이런 느낌으로 말했던 것 같아요. 반면 그 말을 듣기도 하죠. 제가 너무 많이 고민해서 과열되어 있을 때 누군가가 걱정 말라고 말해주기도 해요.

이슬아 젠더 이슈에 관한 질문을 많이 받으실 텐데요. 어떤 이슈에 관해 정치적 언어로 싸울 때도 있겠지만, 덜 직접적으로 말하고 싶을 때도 있을 것 같아요. 너무 멋진 음악으로, 그러나 너무 당연하다

는 듯이 필요한 이야기를 해버리는 거요. 전복적
인 얘기를 아무렇지도 않게 보여주며 노래하는
게 소윤 씨가 택했던 방식이기도 하지 않나요?

황소윤   네. 가사를 통해 어떤 메시지를 아주 직접적으로
담고 싶지는 않아요. 왜냐하면 재미가 없거든요.
'이래야만 한다'고 대답하는 것도 망설여지고요.
'여성으로서' 어떻게 생각하는지 대답을 요구받
는 경우가 많은데요, 저는 여성으로서 뭔가를 해
본 적은 없고 다만 황소윤으로서 항상 뭔가를 이
야기하는데… 그게 여성 사회 전반을 대표하는
건 아니잖아요. 저는 운동가가 아니고 그저 음악
으로 뭔가를 보여주는 사람일 뿐이니까 음악이라
는 언어로 나름대로 싸우려는 것 같아요. '우리가
이렇게 해야만 한다' 하는 주장만큼이나, 그냥 이
렇게 모여서 흥미롭고 멋진 것을 만들어 내는 것
도 유의미하지 않을까 싶어요. 글을 쓰는 슬아 씨
와 사진을 찍는 예지 씨와 음악을 하는 제가 할
수 있는 좋은 것이 있겠죠. 누군가는 제가 아쉬울
수도 있죠. '쟤는 왜 저렇게 용기를 안 내지?' 하
고요. 슬아 씨는 어떤가요.

이슬아　저도 비슷한 고민을 하지요. 조금 유명해졌을 때부터 익명의 독자로부터 가끔 들었던 말들이 그런 거예요. '페미니즘을 위해 무엇을 하고 있느냐' 혹은 '영향력 있는 여성 창작자가 되었는데 왜 더 적극적으로 목소리 내지 않느냐'. 그냥 저는 몹시 어리석고 약하고 모르는 게 많은 사람이에요. 뭔가를 단언하고 주장하는 게 너무 두려운 사람이기도 하고요. 하지만 제가 할 수 있는 좋은 것이 분명 있을 거라고 생각해요. 그러려면 일단 건강해야 하고요. 제가 이 땅에 태어나서 건강한 몸과 마음으로 살아가고 사랑하고 일을 계속해나가는 것 자체도 페미니즘의 일부라고 생각해요. 그런 와중에 소윤 씨의 〈판타지〉 같은 노래를 들으면 너무나 짜릿하죠.

황소윤　사실 그 곡의 반응이 이렇게 클 줄 전혀 예상을 못 했어요.

이슬아　시대에 딱 맞게 도착한 노래라는 생각은 안 했어요?

황소윤   전혀요. 누군가에게 해방감이나 용기를 줄 수 있을 거라고 생각 못했죠. 재키와이도 예상치 못했을 거예요.

이슬아   예상치 못한 것들은 그 밖에도 많잖아요. 애초에 보컬이 될 거라고도 예상하지 못했다면서요.

황소윤   원래는 새소년도 보컬을 따로 둘 생각이었어요.

이슬아   그런 큰일 날 생각을…

황소윤   노래에 대한 자신도 없고 야심도 없었거든요. 그냥 악기 다루고 노래 만드는 걸 좋아했죠. 예전에 중학교 2학년 때 피아노 학원에 잠깐 다녔었는데 선생님이 "너 목소리 되게 좋다. 노래해봐"라고 하신 적이 있긴 했어요. 중3 때 본격적으로 곡을 쓰기 시작하면서 좀 더 불러보았고요. 그래도 너무 부끄러워서 아무도 없을 때 혼자서 불러볼 때가 많았죠.

이슬아   저는 누군가가 신인이 되는 순간을 보는 게 참 좋아요. 신인은 자기가 해놓은 걸 보고 자기도 놀라는 사람이래요. 내가 이런 것을 만들었다니, 하고 처음 놀라는 새로운 사람을 말한대요. 소윤 씨에게도 그런 신인적인 순간이 있었겠죠. 실제로 한국대중음악상에서 신인상을 타기도 하셨지만, 그것 말고 진짜로 스스로 고요히 놀라는 순간도 분명 있었을 것 같아요.

황소윤　사실 매번 곡을 쓸 때마다 그런 기분을 느껴요. 부끄러운 말일 수도 있지만… 저는 곡을 다 써놓고 '내가 다시 이런 곡을 쓸 수 있을까?'라는 생각을 할 때가 많아요. 홀린 듯이 하게 되잖아요. 저는 직업인처럼 출퇴근하며 작업하지는 않아요. 간헐적으로 하죠. 써질 때 쓰고 안 써질 때 안 쓰는데, 지나고 나면 '오잉? 이런 곡이 나왔네' 싶어요.

텔레비전에 내가 나왔으면 정말 좋겠다고 말하는 노래도 있었지만 내 마음은 반대다. 지금껏 거의 모든 TV 출연 제안을 거절해왔다. 방송용 호흡으로 빠르게 편집될 내 모습이 걱정스러워서다. 소개되고 싶지 않은 방식으로 소개되고 대답하고 싶지 않은 방식으로 대답하게 될 게 뻔하다. 좋아하는 사람이 텔레비전에 나오면 걱정부터 하는 심약한 내 마음을 황소윤도 이해할까. 텔레비전에 네가 나오면 나는 물론 좋지만, 과연 너도 좋을지 궁금한 것이다. 사람은 비난뿐 아니라 찬사를 듣다가도 지치는 존재 아닌가. 너무 많은 관심, 너무 많은 칭찬, 너무 많은 시선을 받는 동안에도 기력이 빠르게 소진된다. 자주 겸연쩍어하는 황소윤은 방송에서 소비되는 것이 지나치게 피로하지는 않은지 묻고 싶었다. 황소윤의 카톡 프로필에는 다음과 같은 문장이 적혀있다. "카톡 답장이 느립니다." 그가 자신을 돌보는 방식 중 하나일 것 같았다. 결정적인 순간에 많은 이들을 집중해서 만나기 위해 일부러도 자신을 고립시키는 시간이 있을 것이었다.

이슬아　새소년은 방송에 나올 때마다 호들갑과 함께 소개되는 밴드잖아요. 반복해서 듣기에 민망할 정도로요. 하지만 언제까지나 쑥스러워하고 있을 수만은 없으니까 그냥 딱 마음을 먹고 업무 모드로 예능 출연을 겪고 있는 것처럼 보이기도 했어요.

황소윤　어려운 것 같아요. 어쨌든 예능이든 방송 출연이든 필요에 의해 하는 일이잖아요. 제 음악을 알리기 위한 음악 외적인 활동들은 최대한 생각 없이 하려고 노력해요. 거기에 너무 많은 의미를 부여하면 자신을 갉아먹게 되더라고요. 홍보 활동에 너무 감정을 이입하면 오래 못하겠더라고요. 힘을 언제 주고 빼야 할지 알아가는 과정인 것 같아요. 같은 말을 백 번 천 번 하는 순간도 있지만 어쩔 수 없어요. 온 세상 사람들이 내 음악을 아는 게 아니니까. 예전에는 길을 가다가 누군가가 다가와서 대뜸 말을 걸거나 사진 찍어달라고 할 때마다 되게 예민했어요. 나는 그를 모르니까요. 그치만 그분 입장해서 생각해보았을 때는 또 그럴 수 있는 것 같아요. 그냥 받아들이고 있어요.

이슬아　저에게 그 과정은 피곤함과 감사함 사이에서 계속 마음을 고쳐먹는 일이에요.

황소윤　네. 사실 몇 달 전까지만 해도 되게 힘들었어요. 내가 하고 싶고 보여주고 싶은 모습 말고는 어떤 누구에게라도 함부로 소비 당하고 싶지 않아서요. 하지만 제가 줏대나 곤조가 있고 그걸 작품을 통해 증명했다면, 다른 부수적인 것들은 쉽게 저를 흔들지 않는다는 걸 경험했어요. 그래도 하는 일보다 안 하는 일들이 많아요.

이슬아　수락하지 않는 일들은 예를 들어 어떤 것이죠?

황소윤　가치관과 맞지 않는 일은 받지 않아요. 그런 표현 많이 쓰잖아요. 짜친다고. 짜치는 일은 하지 않죠. 예를 들어 고래잡이 축제에 가서 노래를 한다든지…

이슬아　저도 절대 산천어 축제에서 강연을 하지는 않겠죠.

황소윤 네네. 아님 태극기 집회 초청 공연을 간다든지⋯ 동성애를 혐오하는 단체의 행사랄지. 제가 받아들일 수 없는 가치일 때는 안 하죠.

이슬아 제가 심심찮게 제안받는 광고 중 하나가 피임약 광고인데요. 피임약 안 먹거든요. 몸에 너무 안 좋잖아요.

황소윤 먹으면 얼굴 뒤집어지는데.

이슬아 한번은 피임약 먹었다가 응급실에 간 적도 있어요. 그래서 안 먹기도 하고, 먹는다고 해도 피임약 광고를 찍고 싶은 건 아니란 말이에요. 당연히 안전한 피임이 너무 중요하지만 광고 기획서에 쓰인 대로 개방적인 성 관념을 강조하며 "여러분 안전하고 자유로운 섹스하세요!"라고 나서서 외치고 싶은 마음은 코딱지만큼도 없는 거죠. 그런 카피는 후진 데다가⋯ 뭔가 힘주어 말할수록 섹스가 재미없어진다고요. 그런 광고는 죄다 거절하고 있어요.

황소윤   저는 So!YoON!이라는 이름으로 솔로 활동을 할 때와 새소년으로 활동할 때의 이미지나 방향성을 구분하는 것 같아요. 이렇게 분열적인 자아가 나이를 먹고 시간이 지나면서 어떻게 통합될지 궁금해요.

이슬아   더 잘게 쪼개질 수 있다고는 생각하지 않으세요?

황소윤   그럴 수도 있죠.

이슬아   저는 주로 혼자 일하지만 소윤 씨는 대부분 팀과 함께 일해왔죠. 다양한 아티스트와의 협업을 직접 기획하기도 하고요. 이메일로 누군가에게 일을 제안하는 편지를 쓴 것도 여러 번이겠죠. 그렇게 뮤직비디오와 앨범 커버 같은 중요한 부분들이 소윤 씨가 원하는 대로 성사되기도 했잖아요. 거절당하는 경우는 거의 없었고요. 이메일을 어떻게 쓰셨기에 수락을 받아낼 수 있었던 건가요?

황소윤   오히려 슬아 씨가 저한테 제안 메시지 주셨을 때 '아 역시 작가의 문장은 다르구나' 생각했어요.

일목요연한 뭔가가 있구나 싶어서, 저도 나중에 슬아 씨 편지 중에서 써먹을 건 써먹어야겠다고 생각했어요. 하하.

이슬아 좀 거절하기 어렵게 보내긴 했죠 제가. 바쁘시면 편하게 거절하셔도 되지만 만약 조금만 힘을 내주시면 이러이러한 좋은 일들이 벌어질 것이라고 설득하면서, 보기 몇 개를 슬쩍 드리고 자연스럽게 그 안에서 선택하게 만들고…

황소윤 맞아요. 되게 덫에 걸린 것 같았어요. 어느새 정신 차려보니 파주에 와있고…

이슬아 소윤 씨는 그보다 간단하게 쓰시나요? '당신이 좋다. 당신과 이 작업을 함께 하고 싶다' 이 정도로만?

황소윤 텍스트로 그리 많은 이야기를 하지는 않아요. 해외에 계신 작가나 만나기 어려운 분들한테만 구구절절한 메일을 쓰고, 나머지는 웬만하면 다 만나려고 하는 편이에요. 반대로 제가 누군가에게 도움을 줘야 할 때도 일단 무조건 만나요. 설득 과정이란 건 상대의 에너지가 얼마나 재미있고 흥미로운지에 달려있기도 하잖아요. 문자로는 그걸 다 보여주지 못하는 것 같아요. 차 한잔하면서 가볍게 이야기를 꺼내죠. 제가 관심 있게 생각했던 아티스트들은 대부분 저를 알고 있었어요. 슬아 씨도 마찬가지고요.

이슬아　일간 이슬아 인터뷰는 왜 수락하신 건가요. 엄청 바쁘잖아요. 만나서 차 마시자고 먼저 말해서 깜짝 놀랐어요.

황소윤　약간 그런 질문 같네요. '나랑 왜 만나? 내가 왜 좋아?'

이슬아　(웃음)

황소윤　다른 작업자들에 대한 궁금함이 있어요. 지금 여기 계신 분들 다 궁금해요. 슬아 씨도 그렇고, 사진 찍어주시는 예지 씨도 그렇고, 영상 촬영 중인 예진이도 그렇고. 어떻게 사는지 궁금하고 어떻게 작업하는지 궁금하죠. 만약 슬아 씨가 우편으로 책만 보내주면 너무 정 없으니까 이야기 나누고 차 한잔하면 좋지 않을까 생각했어요. 그리고 슬아 씨는 뭔가, 내가 언제 또 만날 수 있을까 싶기도 했고.

이슬아　나 쉬워.

황소윤　하하하.

이슬아　소윤 씨가 진행하는 코멘터리 앨범에서도 느꼈지만, 인터뷰이 말고 인터뷰어 역할을 하실 때 더 편안해 보이는 것 같았어요. 다른 작업자들에 대한 질문이 많더라고요. 아마 지금 이 인터뷰 역시 갑자기 서로 역할을 바꾼다고 해도 잘 해내실걸요.

황소윤　누군가 먼저 물어보면 제 얘기를 즐겁게 하지만 물어보지 않으면 많이 하지 않아요. 다른 사람 이야기 듣는 게 더 편하더라고요. 이야기를 끌어내는 건 관찰을 했다는 거잖아요. 이 사람이 어떤 걸 말하고 싶은지 캐치하는 게 너무 좋아서 대화할 때 듣는 시간이 더 많은 것 같아요.

이슬아   심지어 예능 출연하셨을 때 소윤 씨가 패널 중 한 분이었던 김희철 씨한테도 뭔가를 되묻더라고요. 우주 대스타라는 수식어를 어떻게 느끼시냐는 질문이었던 것 같아요. 자신이 주인공인 자리에서도 대화의 지분을 고르게 하려고 노력하시는 듯해요.

황소윤   제가 별로 안 좋아하는 인터뷰는 자기가 준비해 온 질문만 순서대로 읊는 듯한 인터뷰예요. "소윤 씨는 이러이러한 이슈에 대해 어떻게 생각하세요?"라고 기자님이 물으면 제가 뭐라 뭐라 대답을 하겠죠. 그다음에는 기자님이 "그렇군요."라고 말한 뒤 바로 다음 질문으로 넘어가요. "소윤 씨는 평소에 뭐 하세요?" 이런 진행은 정말 안 좋아요. 진짜로 궁금하긴 한 걸까 싶어요. 제 말의 분량이 많을지라도 인터뷰의 핵심은 핑퐁이라고 생각하거든요. 진정으로 나에 대해 궁금하다면 되묻게 되는 순간이 있을 수밖에 없어요. 반대로 저도 인터뷰어와 대화를 하러 왔기 때문에 그에게 되물어볼 수도 있는 거예요. 이런 상호작용이 없는 인터뷰를 안 좋아하는 것 같아요. 그러니까 옆에서 동시에, 제가 기획한 영상 촬영이 진행 중이기도 한 거죠. 찍고 있잖아요 지금.

이슬아　(옆에 설치된 캠코더를 새삼 돌아보며) 그러네!

영상 감독이자 황소윤의 유치원 동창인 장예진

사실 이건 이슬아에 관한 인터뷰이기도 한 거죠.

황소윤　몰랐죠? 하하하!

이슬아　지⋯ 지금부터라도 더 잘해볼게요.

황소윤　슬아 씨가 저에 대해서 많은 정보를 미리 안 가져와도 된다고 생각했어요. 보통은 인터뷰 준비를 막 자세히 해오잖아요. 웹 서칭해서 엄청나게 캐오고요. 굳이 그럴 필요가 있을까 싶기도 하더라고요. 이야기를 하면서 서로 어떤 사람인지 알아가는 과정이니까. 나에 대해서 잘 몰라도, 알려고 하는 마음만 있으면 된다는 생각이 들더라고요. 제가 봤던 좋은 인터뷰집도 다 그런 식이었고요.

이슬아 소윤 씨는 음악 하는 사람일 뿐 아니라 아트 디렉터라고 생각했어요. 이미지를 기획하는 사람이라고 해야 하나. 직접 만든 뮤직비디오도 놀라웠고요. 음악을 만드는 감각과 이미지로 말하는 감각이 또 다를 텐데요. 이 창작에서 저 창작으로 넘어갈 때 그냥 슥슥 되나요?

황소윤 동시다발적으로 일어나는 것 같아요. 말하자면 저는 새소년의 총체적 디렉터인데. 음악가라기보다는 뭔가 재미있는 작당을 하는 사람이랄까. 하하. 약간 총체적 난국인 사람이 되고 싶어요. 꼭 음악 하는 사람이 되고 싶었던 건 아니에요. 뭔가 만드는 것을 좋아했죠. 언제나 다양한 걸 동시에 하고 있었고요.

이슬아 음악을 안 했더라도 뭔가를 들고 나타났을 것 같아요. 황소윤은 기획자니까.

황소윤   그죠. 저도 저를 그렇게 생각해요. 부끄럽지만 영
상도 그렇고 글을 쓰는 일도 그렇고, 음악 아닌
다른 형태를 시도해보려는 노력도 하고 있어요.

이슬아   책을 쓰고 싶은 마음도 있나요?

황소윤   나무가 아까운 글을 쓰면 안 되니까 아직은 안 되
는데, 사실 제가 처음으로 보여드리고 싶은 건 에
세이보다는 시에 가까워요. 함축적으로 말하는
것에 더 익숙하거든요. 학창 시절 때는 글 쓰는
걸 너무 싫어했어요

이슬아   저랑 학창 시절 때 공통점이라고는 전혀 없네요.

황소윤   하하하

이슬아   대안학교에서 EM 샴푸로 머리 감았다는 것 말고
는…

황소윤   왜냐하면 일단 글쓰기에 소질이 없기도 했고…
나는 연필로 뭔가를 쓰는 게 너무 손이 아픈 거

야. 악필이기도 해서요. '글 쓰는 애들은 따로 있구나' 하고 생각했죠. 약간 학창 시절에 신문반 하던 애들 있잖아요.

이슬아   나…

황소윤   하하하. 진짜?

이슬아   중고등학교 내내 신문반이었어요. 심지어 대학도 신문방송학 전공…

황소윤   그런 걸 하는 애들이 따로 있다고 생각했고 하나도 관심 없었죠.

이슬아   시무룩해진다…

황소윤   근데 지금은 아니에요. 그냥 하는 소리가 아니라 항상 진심으로 얘기하는 게 '다 필요 없고, 글 잘 쓰는 게 최고다'.

이슬아   뭔 소리야, 다 필요 없고 음악 잘하는 게 최고잖아요…

황소윤   글을 잘 쓴다는 것은 너무너무 중요하잖아요.

이슬아   (옆에 있던 사진가 황예지에게) 왜 아무 말도 안 해요? '다 필요 없고 사진이 짱이다' 이런 얘기는 왜 안 나오죠?

다 같이   아하하하

사진가 황예지   (웃음) 사진이 가장 상위 예술이라고 생각하지 않아요. 저는 음악하는 사람이나 무용하는 사람처럼 되게 즉각적으로 움직이고 표현할 수 있는 사람들을 동경해요. 제가 하는 것들은 다 과거에 있잖아요. 그걸 보여주는 일이랑 현장성이 있는 일은 정말 다른 것 같아요. 울림도 다르고요.

황소윤   아무튼 저는 처음에 가사를 쓸 때 부끄러움도 많았고 오류가 있을까 봐 걱정도 많이 했는데, 가사가 좋다는 이야기를 듣게 되면서 점점 더 문학에 관심을 가지게 되었어요. 원래 책 읽는 걸 좋아하기도 했지만요. 만약 다른 분야의 예술을 하게 된다면 제일 첫 번째로 해내고 싶은 건 글 쓰는 분야인 것 같아요. 좋아하는 게 뭔지 계속 찾아나가는 느낌이에요. 하고 싶은 걸 일찌감치 찾아서 좋겠다고 주변 사람들은 이야기하지만 음악을 하는 것만으로 충분하지는 않으니까요. 그래서 내가 하고 싶은 것들을 주변에 두며 공간을 구축하고 있어요. 새로운 분야에 대한 여지를 두는 편이에요.

이슬아 최근 작업한 노래 중 〈집에(go back)〉를 가장 좋아한다고 들었어요.

황소윤 항상 근래에 작업한 곡을 가장 사랑해요.

이슬아 집에 돌아오는 길에 황소윤이 어떤 모습일지 궁금해집니다. 3인칭으로 본다면 어떨 것 같아요? 일단 걸어서 집에 가나요, 아니면 차에 태워진 채로 집에 가나요?

황소윤 차에 태워진 채로 가죠. 요즘엔 귀가할 때 걷는 일은 거의 없는 것 같아요. 일단은 화장이 많이 녹아내려 있죠. 다 끝났으니 어떤 신경도 쓰지 않는 상태에서 많이 지쳐있고. 피곤한데 배가 고파서 먹고 들어갈까, 그냥 들어갈까를 고민하죠. 스케줄이 기분 좋았으면 나름 후련한 상태로 돌아가고, 뭔가 영 마음에 안 들거나 소득이 크지 않았던 날에는 약간 다운된 상태로 돌아가요. 대부분 말이 없는 상태예요. 힘들어서. 하하.

이슬아 외향적인 에너지를 모조리 소진한 다음이니까?

황소윤 그렇죠. 에너지를 다 쓰고 남은 껍데기가 집에 가는 것이지요. 껍데기인 채로 집에 가서 자는 거예요.

이슬아 오늘 소윤 씨 처음 봤는데 놀랐어요. 저만큼이나 왜소해서요. 미디어에서 봤을 땐 저보다 키도 크고 골격도 좀 있을 것 같았어요.

황소윤 다들 그런 줄 알더라고요. 제 키가 큰 편이 아닌

데 아무래도 무대에 선 모습만 노출되다 보니까
되게 우람하게 보이나 봐요. 엄청 큰 줄 알고요.
보통 첫인상 얘기할 때 놀랐다고 해요. 생각보다
되게 작더라고.

이슬아 무용수에 관한 제가 좋아하는 이야기가 있어요.
무용수가 무대에 서서 한쪽 팔로 원을 그리면, 그
의 팔길이가 반지름인 원이 하나 그려지잖아요.
그런데 좋은 무용수일수록 자기 팔보다 더 커다
란 원을 그린대요. 신체에서 뿜어내는 파장으로
요. 몸의 기를 사용해서 자기 신체의 테두리보다
더 큰 것을 보여줄 수 있는 사람이 되는 거예요.
너무 어렵고 대단하지 않나요?

황소윤 그걸 아우라라고 말하기도 하잖아요. 저는 아우
라의 힘을 너무 믿어요. 카리스마와 아우라와 보
이지 않는 힘에 관심이 많고, 그게 정말 아름답
다고 생각해요. 근데 밥 먹고 운동하듯이 길러지
는 게 아니잖아요. 수학 문제 풀듯이 성취되지도
않고요. 항상 고민해요. 어떻게 하면 그런 게 길
러지는 걸까? 어떤 에너지를 품고 살아가야 하는

걸까? 그런 갈망이 저에게도 있어요.

이슬아 이미 가지고 있잖아요.

황소윤 제가 그런 걸 가졌다고 생각을 안 해요. 무대 위에서도 사실 어떤 힘을 발휘한다기보다는 진짜 막 내장까지 끌어모아서 겨우 애쓰는 것이지요. 그러려고 애쓰지 않아도 멋있는 사람이 되고 싶은데 아직까지는 정말 단전 밑에서 끌어모아야 힘이 생기는 사람이에요.

이슬아 고요하게 고립되어야 쌓이는 힘이 있는 것 같아요. 그러니까 사람들과 끊임없이 소통하는 시간을 차단해야만 지켜지는 에너지요. 그걸 잘 모아서 중요한 날에 쓸 수 있도록.

황소윤 인생에서 제일 힘든 게 뭐냐고 누가 물어본다면 저는 톱 5 안에 '카톡 답장'이 들어있어요.

이슬아 그렇군요.

황소윤   카톡 답장에 쓰는 에너지가 저한테는 거의 윗몸
       일으키기 한 시간 하는 양과 비슷해요. 특히나 메
       신저는 이 사람이랑 이야기했다가 또 저 사람이
       랑 이야기했다가 스위칭이 엄청 빨라야 하잖아
       요. 차라리 한 사람과 한 시간 이야기를 하는 것
       이 나아요. 카톡 텍스트의 그 인스턴트적인 에너
       지가 너무 버거운 것 같아요. 힘들 때는 삼사일
       지나서 답장할 때도 있어요.

이슬아   제 카톡에는 하루 안에 답장해주셔서 감사해요.
       자연인 황소윤과, 무대 위에서 솔로로 활동하는
       So!YoON! 의 온도 차는 어떠한가요?

황소윤   아, 거의 냉탕과 온탕이죠.

이슬아   어느 쪽이 냉탕이죠?

황소윤   뭐가 뜨겁고 뭐가 차가운지는 잘 모르겠는데…
       아니, 하나는 기체고 하나는 고체 수준인 정도로
       다른 것 같은데. (옆에서 영상 촬영 중인 장예진
       에게) 네가 보기엔 어때?

영상 감독 장예진

자연인 황소윤이랑 무대 위 소윤이랑 물질의 형태가 다른 것 같지는 않아. 굳이 따지자면 우유와 커피 같은 느낌?

이슬아   아…?

영상 감독 장예진   두 개가 섞일 수도 있어. 섞이면 맛있어.

이슬아   소윤이 커피이고 황소윤이 우유인가요?

영상 감독 장예진   섞이면 라떼로 맛있게 먹을 수 있는? 황소윤의 커피 모드를 좋아하는 사람은 커피로 마시고 우유 모드 좋아하는 사람은 우유로 마실 수 있는?

이슬아   예진 씨는 소윤 씨의 오랜 친구잖아요. 오피셜한 무대를 보러 간 적도 있겠죠?

영상 감독 장예진   있죠. 최근에 했던 콘서트도 갔었는데 평소와 많이 달라요. 솔직히 말하면 약간 웃기기도 하고…

다 같이   아하하하

황소윤   친구들이 공연장 놀러 오면 반응들이 비슷해요.
아직도 제 노래 못 듣는 친구들도 있어요. 목소리
가 되게 낯간지러우니까. 악동 시절부터 저를 봤
던 진짜 친구들은 그렇지요.

이슬아   저도 북 토크나 강연 때 친구들 절대 못 오게 해
요. 끝나고 얼마나 나를 놀릴까 싶어서. "안녕하
세요, 작가 이슬아입니다. 여러분, 제 책 읽어주
셔서 감사하고요, 이 자리에 와주셔서 정말 고맙
습니다~"

황소윤   자본주의 미소네. 혹시 작가들에게도 매니저가
있나요?

이슬아   불가능하지는 않지만 보통은 없죠. 저는 돈을 아
끼고자 그냥 혼자 다 하는 편이고요. 작가 수익은
있을 때도 있고 없을 때도 있으니까 항상 고용하

기가 불안해요.* 예지 씨는 사진 일 하시면서 매니저 고용을 염두에 두신 적 없으신가요?

사진가 황예지   저는 매니저 역할의 도움이 필요할 때가 있으면 다른 여자 동료와 함께 나가기도 해요. 제가 너무 일찍 필드로 나왔으니까 남자들이 무시하는 경우가 있는 거예요. 페이 주면서도 기분 나쁘게 "내가 예지 씨 월세 내주는 거야."라고 얘기하기도 하고요. 저 대신 전화로 페이 협상 같은 걸 해주는 사람만 있어도 그렇게 건방지게 저를 대하지는 않을 것 같다고 생각하기도 했어요. 사진계도 생각보다 남성 지배적인 판이더라고요.

이슬아   그렇구나. 촬영감독인 친구에게서도 비슷한 이야기를 들었어요.

---

*   1년 뒤인 2021년부터 이슬아는 소속사를 가지게 됨. 장기하, 혁오 등이 활동하는 두루두루 아티스트 컴퍼니에 영입되어 다양한 활동을 전개함.

사진가 황예지   카메라 들고 하는 일이 거의 다 그래요.
기계를 다루는 분야라 그런지 남자들의
그런 부분이 더 심하죠. 근데 저도 수입
이 안정적이지 않으니까 혼자 좌충우돌
하다가, 점점 스스로 더 드세지더라고
요. 살갑게 하고 싶었는데 이제는 그냥
탁탁 자르는 사람이 되었어요.

이슬아   상냥하기만 할 수 있으면 얼마나 좋아요. 친절하
게만 말하면 일이 이상하게 굴러가니까 드세게
말해야 하는 순간도 있는데, 그게 속상하기도 하
죠. 싫은 소리 하기 싫은데 의뢰인이 돈 얘기를
잘 안 하니까 결국 제가 먼저 하게 돼요.

사진가 황예지   그런 게 너무 싫어요. '나랑 너랑 의도가
맞고 우리는 좋은 작업 하니까 네가 타
협하고 이해해라' 하고 퉁쳐서 말하는
거요. 생계 고려 없이 '좋은 일인데 왜
안 해?'라고 묻는다거나, 저에게 봉사심
이 있을 거라고 막연히 기대하고 접근해
오는 탁한 마음을 만날 때마다 '아, 내가

자원봉사 하려고 사진가 하나' 하는 회
의감도 들고요.

이슬아   영상 작업하시는 예진 씨도 비슷한가요?

영상 감독 장예진   그런 대면 미팅을 별로 안 좋아해요. 사
전에 대면 미팅하는 거. 저는 인스타그
램에 제 얼굴을 안 올려놓기 때문에 만
나기 전까지 여자인지 모르는 경우가 많
은데요. 미팅 하러 가면 '여자인 줄 몰랐
다' 혹은 '우리 이런 장비 쓰면서 움직일
건데 할 수 있겠냐'는 말을 들어요. '너
의 육체가 우리의 일을 받아들일 수 있
을지 모르겠다'는 식으로 시험하는 느낌
이죠. '다 예술 작업인데 무슨 돈 얘기를
하냐'고 얘기한 남자도 있었어요. 그런
상황에서 돈 협상을 하는 게 어려웠죠.
돈 얘기 먼저 안 하는 사람들 많잖아요.
그래서 슬아 씨가 첫 제안 메일에 돈 얘
기 없으면 답장 안 한다는 글 쓰셨을 때
무릎을 탁 쳤어요. 어느 분야나 비슷하

구나. 저도 시간이 갈수록 돈 얘기를 명확히 하게 되었죠.

이슬아   소속사가 있다는 건 그런 점에서 편할 것 같아요. 여기 있는 모두에게 소속사나 대리인이 있다면 더 나을지도 모르겠네요.

황소윤   맞아요. 돈 이야기는 정말 쉽지 않고 작업하는 시간에 방해되기도 하잖아요. 돈 얘기 하느라 머리 싸매고 하루 가고 이러면 또 언제 좋은 거 만들어.

이슬아   누구에게나 호박씨 까는 시간이 필요하잖아요. 제각기 다른 광기와 찡찡거림이 있으니까요. 그걸 SNS에서 풀지 않는 건 당연하고, 그렇다면 언제 어떻게 푸는지 궁금해요.

황소윤   음악이 아닌 다른 창작을 해버려요. 오늘도 이사한 지 얼마 안 된 집이라 그런지 아침에 자꾸 일찍 깨는 거예요. 망원 신입생이니까 동네를 돌아보자 싶어서 망원 유수지에 갔어요. 그런데 산책하는 사람들이 너무 재밌는 거예요. 코로나 때문에 어디 멀리 가지는 못하고 마스크를 쓰고 유수지에 겨우 나와서 걷고 있는데, 할머니도 있고 아기들도 있고 강아지도 있고⋯ 어떤 트랙을 계속 빙글빙글 돌고 있더라고요. 다같이. 그 모습이 너무 재밌어서 한참 찍었어요. 이걸로 뭔가 만들어야겠다는 생각이 들었어요. 갑자기 하는 걸 너무 좋아해요. 갑자기 찰흙으로 뭘 만들어서 물감칠해서 주변 사람들에게 선물하기도 하고, 갑자기 그림을 그리기도 하고⋯ 그런 조잡스러운 창작을 통해서 푸는 것 같기도 해요. 가만히 쉬는 법을 잘 모르겠어요. 어떻게 쉬어야 하는지 몰라요. 넷플릭스도 오래 보다 보면 우울해져요. 내가 식물이라면 어느 한구석에서 시들어가고 있는 느낌인 거예요. 작업에 집중하고 쏟아내는 게 햇볕과 물 같기도 해요.

이슬아 창작의 광합성이라니⋯ 하지만 허송세월 타임도 너무 중요하잖아요.

황소윤 너무 중요하죠. 사실 뜨개질 모임을 하고 싶기도 해요.

이슬아　　황소윤과의 뜨개질…? 너무 예상 밖인데…

황소윤　　얼마나 쓸모가 없어요. 게다가 여름이 오고 있잖
아요. 근데 약간 핑계로 삼고 싶은 거죠. 뜨개질
하면서 사람들이랑 같이 있는 시간을 만드는 게
저한테는 로망이에요. 카톡이나 랜선 연락을 통
한 만남 말고 그냥 모여서 각자 뜰 것을 뜨는 만
남이요. 무슨 얘기가 오갈지 모르는 그런 만남
을 하는 게 올해의 과제예요.

이슬아　　나는 황소윤이랑 운동 팀 만들려고 준비하고 있
었는데…

황소윤　　뜨개질… 손 운동… (웃음)

이슬아　　헤어질 시간이 다가왔어요. 마지막 질문을 드리
고 싶어요. So!YoON!의 솔로 앨범의 커버가 무
척 인상적이잖아요. '귀엽고 징그러운' 그 이미지
요. 황소윤은 어떤 점에서 귀엽고 징그러울까요?

궁금합니다.

황소윤 귀엽고 징그러운… 음… 예를 들어 영상을 하나 찍었어요. 다 찍고 흐물흐물해져서 집에 들어왔는데 그날 찍은 사진들을 보잖아요. 새삼 내가 이런 일을 하고 왔구나 싶어요. 자연인인 상태에서 아티스트의 일을 하는 황소윤을 돌아봤을 때 기분좋게 징그러워요. 자아가 바뀔 때마다 느끼는 이질감인 것 같아요.

이슬아 귀여울 때는요?

황소윤 저는 애교가 많이 없는 사람인 줄 알았는데… 있더라고요.

다같이 아하하하

이슬아 누구한테요?

황소윤 누구한테 부리는 것은 아니에요. 사실 애교라는 말 자체를 별로 안 좋아해요. 그치만 자연스럽게 귀여운 부분들이 있잖아요. 그런 게 있다…더라. 귀엽다는 말 별로 안 좋아하지만… '귀엽다'라는 말을 들을 수밖에 없는… 그런 순간들이 있더라…?

이슬아 그러니까 딱히 그러려던 건 아니었는데… 누가 봐도 어쩔 수 없이…. 귀여워져버렸다…?

황소윤 (코로 웃는다)

이슬아 방금 콧구멍에서 웃음 터졌어요.

황소윤 슬아 씨는 언제 귀여운데요?

이슬아 일할 때는 필사적으로 안 귀엽고요. 그럼 불리하니까요. 그치만 연인한테는 귀엽겠죠.

황소윤 다들 그렇겠죠.

이슬아 각자의 연인들에게 건투를 빕니다. 우리의 광기와 귀여움을 받아주는 연인들 화이팅.

어느새 자정이었다. 오늘 처음 만난 우리, 귀엽고도 징그러운 두 사람의 인터뷰도 끝이 났다. 나는 녹음기를 껐고 옆에서 함께 듣던 황예지와 장예진은 촬영 장비를 정리했다. 내일의 일터가 우리를 기다렸다. 테이블 위에 남은 떡볶이를 다들 한 입씩 먹었다. 황소윤이 말했다. "처음보다 더 맛있어졌다. 떡에 양념이 더 뱄어." 정말 그랬다. 그러자 갑자기 나는 처음보다 더 맛있는 떡볶이적인 작가가 되고 싶어졌다. 어쨌든 신인의 시간은 지나갈 것이기 때문이다. 어떻게 하면 점점 더 잘할 수 있을까. 어떻게 하면 점점 더 풍부해질 수 있을까. 황소윤의 질문처럼 어떤 에너지를 품고 살아가야 그럴 수 있을까?

다 같이 집 밖에 나가서 콧바람을 쐬었다. 넷이서 함께 달을 보았다. 문득 황소윤이 친구에게 말하듯 말하고 싶었다.

'걱정 마, 가자!'

'어디로?'

'내일로. 미래로.'

꼭 만화영화에서나 나올 법한 말이었지만 말이다. 세계 여성의 날 밤이 흘러가고 있었다.

사진: 황예지

녹취록 작성: 김지영

김규진 × 이슬아

2020.09.02.

일과 사랑의 천재

그의 책을 읽으며 세 가지를 생각했다. 일의 천재가 사랑을 하면 이렇게 되는구나. 사랑의 천재가 일을 하면 이렇게 되는구나. 아무튼 그는 천재구나. 마지막 장을 덮고 확신했다. 이 책은 올해의 에세이라고. 2020년에 출간된 에세이 중 단 한 권을 꼽아야 한다면 망설임 없이 이 책을 고를 것이다.

이 책. 그러니까 『언니, 나랑 결혼할래요?』를 쓴 저자의 이름은 김규진이다. 김규진은 자신이 사랑하는 여자와 결혼하는 이야기를 썼다. 나는 이 책의 최초성과 전복성에 한 번 감탄하고, 깔끔하고 힘센 문장들에 두 번 감탄하고, 탁월한 유머 감각에 세 번 감탄했다. 이렇게나 필요한 이야기를 이렇게까지 매력적으로 써낸 성취에 기립 박수라도 치고 싶었다. 그는 '왜 아무도 레즈비언으로 잘 사는 법을 알려주지 않는지 궁금해하다가 그냥 자신의 이야기를 공유하기로 했다'고 밝혔다. 나의 글쓰기 스승 어딘은 이 책을 두고 말했다. "글은 이렇게 쓰는 거야." 나도 같은 생각이었다. 스승은 또 덧붙였다. "진정한 싸움꾼이 등장했다." 역시 나도 같은 생각이었다. 김규진의 전투력에 폭력과 배제는 없다. 유머와 지성과 유능함이 있을 뿐이다. 심지어 막강한 귀여움까지 포함한 전투력이다.

김규진은 아직 동성혼이 법제화되지 않은 한국에서 숨쉬며 살아가는 서른 살의 여자다. '노빠꾸 오픈퀴어 인생'인 그의 행적은 몹시 평범하기도 하다. 4인 가족에서 자란 K-장녀. 친구들이 공부할 때 공부한 사람. 동기들이 취업 준비할 때 취업 준비한 사람. 매일 출근하고 퇴근하는 회사원들 중 하나. 동시에 그는 아직 아무도 시도하지 않은 결혼식을 올린 사람이기도 하다. 한국에서는 안 된다고 하니 미국에 가서 혼인 신고를 하고, 웨딩홀 지배인에게 동성 결혼식을 문의하고, 회사 인사팀에 신혼여행 휴가를 신청하고, 받아냈다. 결혼식도 올렸다. 스몰 웨딩 말고 빅 웨딩으로 치렀다. 법적으로는 여전히 미혼이지만 그의 결혼 생활은 현재진행 중이다. 그의 사례는 점점 더 많은 것을 바꿀 것이다.

나는 누군가에게 편지를 쓸 때 늘 이 문장을 마지막에 적는다. '사랑과 용기를 담아'. 내게 김규진의 등장은 사랑과 용기의 지평을 넓혀주는 사건이다. 이런 사랑도 있고 이런 용기도 있다고, 이것은 이미 도래한 미래라고 그의 책은 말한다. 그의 이름은 문장 규(奎)와 진압할 진(鎭)으로 이루어졌다. 그는 말했다. "여자라면 '진압할 진'이지." 그가 세계의 이상한 부분을 진압하며 일하고 사랑하는 모습이 너무도 찬란하여 인터뷰를 요청했다. 김규진은 분명하고 또렷한 목소리로 인터뷰에 응해주었다.

2020년 여름, 한낮의 종로에서 우리는 만났다.

이슬아 반차 내고 오셨죠?

김규진 네. 어제부터 코로나 재확산이 심해져서 재택 근무가 가능해졌어요. 노트북이 회사에 있으니까 가지러 갈 겸 출근했고요. 빠르게 여러 일들을 처리한 뒤 여기에 도착한 참입니다.

이슬아 규진 님의 일은 재택 근무로 전환이 가능한 종류의 일인가요?

김규진 가능한 부분도 있고 불가능한 부분도 있는데요. 업체와의 협업이나 미팅은 오프라인으로 직접 만났을 때 훨씬 효율이 높죠. 그래서 요즘 답답합니다.

이슬아 신혼 생활 시작하신 지 1년 정도 되셨어요. 두 분은 함께 식사하는 날이 잦은가요?

김규진 와이프랑 저랑 업무 시간이 완전 달라요. 식사 습관도 다르고요. 와이프는 무조건 아침 먹어야 하는 스타일이에요. 아침 안 먹으면 힘 안 나는 사

람들 있잖아요. 반면 저는 고양이들 아침만 챙겨
주고 밥은 점심부터 시작해요. 아침은 먹어도 힘
이 난다기보다 쓸모없는 칼로리를 내 몸에 넣는
느낌이라 그냥 커피를 마셔요.

이슬아   두 분 다 직장인이시니 주말과 평일의 경계가 확
실하겠어요.

김규진   네. 그래서 평일에는 함께하는 식사가 거의 없고
요. 주말에 같이 먹죠. 최근에는 집에서 해먹었던
것 같아요. 요리에 대한 열정이 시들해지면 밖에
서 먹고요.

이슬아   결혼해 보니 어떠냐는 질문을 많이 받으셨는데,
그때마다 '아직까지는 좋은 점밖에 없다'고 하셨
어요.

김규진   맞아요. 최근에도 결혼을 앞둔 친구가 "진짜 좋
냐?" 물어보길래 0.1초 만에 "응."이라고 대답
했거든요. 친구가 "혹시 이거 와이프가 훈련시킨
거 아니냐?"며…

이슬아　방금 약간 조건 반사 같기는 했어요.

김규진　그러니까요. 사실 여러 조건들이 잘 맞물린 것 같
아요. 와이프나 저나 안 좋은 것에 대한 역치가
높아요. 다른 사람들이 불행하다고 생각할 만한
문제들을, '살다 보면 그럴 수 있지'라고 생각하
는 편이에요. 크게 불편하다거나 안 맞는다고 느
낀 적은 없어요. 이건 좀 슬픈 얘기이기도 한데
양가의 간섭이 없잖아요. 그래서 갈등이 적어요.
시댁도 없고 친정도 없는 두 명만의 결혼이어서.
별문제 없이 좋은 점만 챙기고 있습니다.

이슬아　좋은 점만 챙기고 계신다니 너무 좋네요. 갈등에
대한 역치가 높다는 말씀도 인상적이고요. 어떻
게 높아졌죠? 제가 그런 사람이 되고 싶어서 여
쭤봐요.

김규진　저랑 와이프는 일단 남에 대해서 딱히 큰 관심을
두지 않는 것 같아요.

이슬아　푸하하

김규진 스스로가 중요한 사람들이라 자기 좋을대로 해석하는 경향이 있어요.

이슬아 남들이 칭찬을 하든 욕을 하든 마찬가지인가요?

김규진 좋은 말들은 다 받아들여요. 안 좋은 말들은 "음 아니겠지" 이런 느낌으로 쳐내요.(웃음) 둘 사이의 갈등도 와이프는 특히 좋은 쪽으로 자연스럽게 해석하더라고요. '규진이가 날 사랑해서 이러나 보다' 하는 식으로. 그런 사람을 만났다니 제가 운이 좋죠. 결정적으로 둘 다 기억력이 별로 좋지 않아요. 주말에 뭔가 갈등이 있었던 것 같은데 잊어버렸어요. 와이프는 저보다도 기억력이 더 안 좋고요.

이슬아 사랑에서 망각력이 이렇게 소중하네요.

김규진 맞아요. 그리고 둘 다 외국에서 교육을 받았는데요. 미국식 커리큘럼에 따라 토론을 진짜 많이 했어요. 토론할 때마다 마음이 상하면 버틸 수 없단 말이에요. 나랑 다른 의견을 가진 사람들과 그냥 지내는 것을 청소년기 때 배운 게 도움이 되지 않았나 싶어요.

이슬아 그 학교에는 여러 국적의 학생들이 있었죠?

김규진 그렇죠. 아시안의 비율도 30퍼센트쯤이었어요. 인종적 문화적 배경이 다양했고, 친구들의 가정환경과 가족 구성도 다양했어요. 이혼 가정도 많았고요. '아빠의 여자 친구' 혹은 '엄마의 여자 친구' 같은 이야기를 스스럼없이 하는 유연한 분위기였어요.

이슬아 그 학교에서 스스로 레즈비언임을 정체화했다고 쓰셨지요. 자신이 퀴어임을 깨닫는 이야기는 보통 우울한 경우가 많았는데요. 슬퍼지고, 고독해지고…

김규진 갑자기 친구들이랑 멀어지고…

이슬아 하지만 규진 님의 정체화 이야기는 아주 산뜻한 편입니다.

"중학교 2학년 때쯤 학교에 소문이 돌았다. 내가 레즈비언이고 어떤 여자애를 좋아한다는 것이었다. 얘기를 듣고 당황한 친구가 나에게 이 사실을 알렸고 나는 곰곰이 생각해보았다. 맞는 말인 것 같았다. 내가 레즈비언이고 그 여자애를 좋아한다는 말은 설득력이 있었다. 소문의 도움으로 나는 비교적 빠르게 내 정체성을 찾고 레즈비언으로 살아가게 되었다. 떠들어대던 학생들도 정답을 알게 되니 궁금증이 풀렸다는 듯 더 이상 얘기하지 않았다."

— 김규진, 『언니, 나랑 결혼할래요?』, 17쪽

이슬아 딱히 절망이 없는 장면이었죠. '아, 나는 레즈비언이고 여자를 좋아하는구나' 하고 넘어가잖아요. 심지어 소문의 도움을 적극적으로 받고요.

김규진 '듣고 보니 정말 그렇군'이라고 생각했어요. 물론 15년 전이라서 당시 미국도 동성혼이 불법이었으니까, 애들이 좋은 의도로 소문을 내지는 않았겠죠. 하지만 그렇다고 막 악한 의도로 소문낸 것도 아니었을 거예요.

이슬아   가벼운 가십이었을까요?

김규진   네. 아주 가벼운 가십이었고, 제가 "맞아"라고 하
니까 "그렇구나." 하고 수긍했어요. 못된 말을
하는 애가 있긴 했죠. 수학여행 갔을 때 어떤 애
가 제 룸메이트 한테 이렇게 말한 거예요. "너 규
진이랑 같은 방 쓰는데 안 무섭냐?" 진짜 억울
한 게, 저는 정말 모범생이었고 그 말을 한 애는
완전 노는 애였거든요. 여자들이랑 스킨십도 많
이 하고요. 그때까지 저는 여자랑 손도 못 잡아봤
단 말이에요. 걔는 이성애자인데도 술만 마시면
여자 애들이랑 뽀뽀하는 애였어요. 속으로 생각
했죠. '쟤가 나보다 훨씬 더 위험하다. 그리고 나
를 너무 과대평가하고 있군.' (웃음) 아무튼 가십
이 만약 선생님들 귀에 들어갔다면 걔는 큰일 났
을 거예요. 다양한 인종과 정체성이 모이는 환경
이다 보니 소수자에 대한 혐오와 비하 발언에 굉
장히 예민했으니까요. 그곳에선 제가 안전하다는
확신을 가지고 있었기 때문에 웃어넘길 수 있었
던 것 같아요.

이슬아 당시 소비할 수 있었던 퀴어 서사는 어둡고 절망적인 이야기가 대부분이었다고 쓰셨는데요. 그럼에도 불구하고 절망감을 오래 간직하지 않을 수 있었다면 이유가 무엇일까요?

김규진 당시에는 절망했을 수도 있어요. 다만 제가 기억력이 너무 안 좋아서… 중학생 김규진은 절망했을 수 있지만 서른 살 김규진은 잊어버릴 수 있다는 생각을 요즘 해요. 어쨌든 기억에 남을 만큼의 절망은 아니었던 거죠. 그리고 항상 중요한 과제들이 눈앞에 있었어요. 학생 때는 그게 수험 생활이었죠. 공부를 1순위로 두고 '음, 나는 레즈비언이군. 엄마한테는 얘기하지 말아야겠다' 정도로 생각한 뒤 공부를 열심히 했던 것 같아요. 재밌는 건 제 와이프도 정체성으로 고민해본 적이 없대요. 대구 경북 출신이라 그 곳에서 중학생 때까지 학교를 다녔는데, 중학생이던 어느 날 갑자기 스스로 깨닫게 된 거예요. '음, 나는 레즈비언이군. 쟤가 좋군. 하지만 일단 공부를 하자.' 이렇게요.

이슬아 『언니, 나랑 결혼할래요?』는 아주 건강한 정서

위에서 쓰였다고 생각했어요. 상처받지 않는 건 강함이 아니라 상처받고 운 뒤에도 다시 괜찮아지는, 그러니까 잘 회복하는 건강함이요. 이 회복력은 어렸을 때부터 있었나요? 아니면 길러진 것일까요?

김규진 길러졌다고 생각해요. 저는 아주 소심하고 예민한 어린아이였어요. 엄마의 증언에 의하면 누가 저를 쳐다볼 때마다 "엄마, 저 사람한테 나 쳐다보지 말라고 해."라고 말할 정도로 예민했대요. 반장하라고 하면 반장하기 싫다고 우는 아이이기도 했고요. 청소년기를 지나고 대학 생활을 하면서 만들어진 회복력이 있어요. 자잘한 실패들을 여러 번 해보면서 얻어진 것 같아요.

이슬아 정체화뿐 아니라 커밍아웃의 과정도 산뜻하고 심지어 너무 웃겼습니다.

"어른이 되어보니, 유머의 중요성을 알게 되었다. 친구들과 술자리가 무르익다 보면 어느새 누가 더 웃긴 얘기를 하는지 겨루는 경우가 한두 번이 아니었다. 유

머는 매력이자 권력이었다. 이런 경쟁적인 웃음 지향
적 환경에서 나의 소수자성은 큰 무기가 되었다. 웃긴
커밍아웃 이야기 하나만 꺼내도 중간은 갔으니까. 그
커밍아웃의 당사자가 해당 모임의 일원이라면? 이건
끝난 게임이었다. 타고나길 재치가 넘치는 편이 아닌
나를 웃김 경쟁에서 살아남게 해준 이 이야기들을 보
다 많은 사람들에게 공유하고자 한다."

— 김규진, 『언니, 나랑 결혼할래요』, 51쪽

이슬아　이 책에 수록된 '인상적인 커밍아웃' 시리즈들은
죄다 웃깁니다. 레즈비언 정체성으로 농담할 수
있게 된 건 언제부터였나요? 처음부터 그럴 수는
없었을 텐데요.

김규진　대학교 3, 4학년 때부터였어요. 당시 속한 집단
이었던 마케팅 학회에서 대부분의 사람들에게 커
밍아웃을 마친 시기였거든요. 책에도 등장하는
축구부 오빠한테 잔디밭에서 커밍아웃했을 때부
터 '아, 내가 이걸 웃음거리로 쓸 수 있구나'라는
확신이 들었어요. 그 오빠가 모두에게 소개팅을
시켜주는 타입이었거든요.

이슬아　왜 그런 오빠는 과마다 한 명씩 있는 걸까.

김규진　모두를 커플로 만들고 싶어 하는 그런 오빠요. 모든 여자애들에게 남자를 소개시켜줬는데 저한테만 유독 안 시켜주더라고요. 뭔가 알 수 없는 촉이 있었나 봐요. '왠지 얘는 소개시켜줄 애가 아니다'라는… 그래서 제가 어느 날 중앙 광장에서 짜장면을 먹다가, 나도 소개시켜달라고 운을 띄우면서 "아, 난 레즈비언이니까 여자 소개시켜줘" 하고 말한 거죠. 다들 깔깔 웃었어요. 분위기가 되게 좋아졌고요. 그때의 기억이 강렬하게 남아있어요. 소수자성은 보통 약점일 때가 많은데 어떤 부분에서는 강점이 될 수가 있더라고요. 강점으로 써먹을 수 있을 땐 써먹어도 되지 않나 싶어요. 누군가는 소수자를 방패로 쓴다고 하겠지만, 소수자가 왜 소수자겠어요. 더 힘드니까 소수자 아니겠어요? 이만큼이라도 방패로 쓸 수 있다면 열심히 써야죠. 그런 점에서 웃음 소재로 쓰는거, 얼마나 좋아요. 이성애자들은 '레즈비언 고부갈등' 이런 워딩만 들어도 너무 재밌어해요. '레즈비언들 팔씨름' 얘기만 해도 깔깔깔깔 웃고요.

이슬아   책 읽다가 저도 팔씨름 얘기에 웃었다고요. 레즈
         비언들끼리 그렇게까지 사활을 걸고 싸우는 줄
         몰랐기 때문에…

김규진   남들이 흔히 겪지 않는 웃긴 에피소드를 항상 주
         머니 속에 가지고 다니는 것만으로도 든든하죠.
         또 다른 선배 오빠는 종갓집 오빠였어요. 너무 보
         수적이어서 저희가 막 조롱하는 오빠요. "오빠는
         국 없으면 밥 안 먹지?" 이러면서 놀렸거든요.
         그 오빠한테 커밍아웃하니까 삼십 분 동안 말이
         없더라고요. 그리고 다음 날이 되었는데 표정이
         밝아졌어요. 제 정체성을 받아들인 거죠. 근데 좀
         이상하게 받아들인 거예요.

이슬아   어떻게요?

김규진   '규진이는 여자지만 남자구나!'

이슬아   악 (빵 터짐)

김규진   그것도 젠더에 관한 부분이라기보다는, '기본적

으로는 여자인데 연애할 때는 남자다'라는 식으로 분류를 한 거죠. 그래서 오빠의 마음이 편해진 거예요.

이슬아 오빠의 인지 부조화… 그런 점에서 축구부 오빠도 규진 님을 '브로(brother)'라고 호명한 것 아닐까요? 커밍아웃 이후, 규진 님과 오빠의 카톡창에서요.

김규진 여자를 소개시켜줄 대상이니까 그 오빠 입장에선 '브로'인 것이죠.(웃음)

이슬아 (웃음) '우리는 같은 대상을 좋아하니까 브로다. 우리는 형제다'라고 인식한 거죠, 오빠는?

김규진 그런 듯합니다. 상상력이 부족하면 이렇게 이상한 일들이 많이 벌어지는 것 같아요.

이슬아 트레이너 선생님의 반응도 웃겼어요. '와이프'라는 호칭에 관해 '귀여운 남자 친구를 그렇게 이르는 줄 알았다'며 오해했다고.

김규진 마초적인 사회에서만 자란 남자들의 상상력이 좀 빈곤한 것 같아요. 사실 되게 심플한 일이잖아요. 여자가 여자를 좋아한다는 것이요. 근데 어떤 남자들은 '규진이는 여자이지만 연애할 때는 남자야'라든지, '규진이는 브로야'라든지, '규진 회원님의 남자 친구는 귀여운 남자라서 와이프야'라고 창의적으로 사고해요.

이슬아 굉장히 복잡한 창의성이에요.

김규진 상상력의 빈곤함이 창의성을 낳는 아이러니죠. 그래도 설명한 뒤에는 다들 충분히 이해한 것 같아요.

이슬아 규진 님은 이렇게 황당하고 뜨악스럽게 반응하는 지인들을 별로 미워하지 않고, 웃겨거나 귀여워하는 데 그친다는 느낌이에요. 피씨하게(정치적으로 올바르게) 반응하지 않더라도 너그럽게 대응하는 것 같습니다.

김규진 왜냐하면 그들로서도 최초로 마주한 커밍아웃일 테니까요. 태어나자마자 피씨한 사람이 어딨겠어요. "응애, 피씨" 하고 태어나는 아기는 없을 거 아니에요. 다들 각자의 환경에서 피씨함을 배워 가는 것일 텐데, 첫 계기인 제가 그들을 너무 혹독하게 대한다면 그들이 점점 피씨해질 확률보다는 저를 그저 예민한 애로 치부할 확률이 높아지죠. 너그럽게 받아들이는 게 저에게 더 유리한 길이지 않을까 생각했어요. 무엇보다 다들 너무 좋은 친구들이었고요.

이슬아 스스로를 '한국 국적 유부녀 레즈비언'이라고 소개하시잖아요. 공식적으로 자신을 이렇게 소개한 사람은 규진 님이 처음일 것 같습니다. 무언가의 최초가 되는 게 익숙한 일이었나요?

김규진 되게 전략적으로 만든 이름이죠. 국회에서 발언할 때 제 명찰에 적힌 문장이었어요. '한국 국적 유부녀 레즈비언 김규진'. 무언가를 네이밍하는 건 익숙한 일이에요. 직업이 마케터니까 지난 6년간 뭔가에 이름을 붙여왔어요. 익숙한데 조금은 새로운 이름들이 항상 잘 먹히더라고요.

이슬아　익숙한데 조금은 새로운!

김규진　네. '한국 국적 유부녀'는 하나도 새로운 게 없잖아요. 그런데 '레즈비언' 하나 갖다 붙이니까 갑자기 기분이 이상해지죠. 제가 일할 때 즐겨 사용하는 방식이어서 차용해봤어요.

이슬아　책의 제목에서도 전략이 느껴져요.

김규진　그건 출판사 쪽의 전략이었는데요. 최종 후보가 두 개였어요. 진지하고 슬퍼지는 제목이 하나 있었고, 다른 하나는 지금의 제목이었죠. 출판사는 밝은 쪽의 제목이 이 책과 더 어울린다고 의견을 내주셨고 저도 십분 동의했어요. 매대에 있는 이 책을 처음 보면 그냥 평범하게 지나치다가 '어?' 하게 되는 거죠. '언니면 여자라는 말인데, 여자랑 여자가 뭔 결혼을 한다는 거지?' (웃음)

이슬아　첫 책인데도 몹시 안정적인 호흡으로 거뜬히 완성한 느낌이에요. 문득 규진 님의 이름에 대해 생각하게 되는데요. '문장 규(奎)'와 '진압할 진

(鎭)'이면, 약간 대문호 이름 아닙니까?

김규진　그러게요. 저는 제 이름이 항상 너무 좋았어요. '진압할 진'이라니 너무 멋있잖아요. 저희 아빠는 혼자 사주를 보시곤 했어요. 아빠는 저랑 비슷한 면이 있어서 남을 잘 안 믿어요. 요즘 세상에 태어났다면 열심히 위키 찾아보는 사람이었을 거예요. 저를 낳으실 때에도 혼자 사주를 툭탁툭탁 보다가 '이 즈음에 태어나는 애의 이름은 규진이 좋겠다'고 생각하고 작명소에 자문을 구하러 갔대요. 그러자 작명소에서는 여자애 이름에 무슨 '진압할 진' 자를 쓰냐고 처음엔 만류했다가, 사주 책을 좀 보시더니 "딱 맞네"라고 하셨대요. 그래서 아빠가 확신을 가지고 제 이름을 지으셨어요. 그렇게 젠더 중립적인 이름을 가지게 되었습니다. 어느 정도 이름을 따라서 살게 되는 것 같아요. 운명이라기보다는, 자라는 내내 그것에 대한 생각을 하게 되니까요. '내가 언젠가 글을 쓰려나?' 하다가 정말로 쓸 기회가 왔을 때, 이름이 규진이기 때문에 기회를 잡을 수도 있지 않나. 그런 의미에서 영향이 있었을 것 같아요.

이슬아 스스로를 '보수적인 레즈비언'이라고 하신 것도 인상적입니다. 굉장히 안정적이고 리스크 없는 코스를 밟아오신 것 같아요. 또래에게 보편적으로 주어지는 과제들을 유능하게 완수하셨고요. 반면 저는 대체로 제도권 바깥에서 교육받고 일해왔는데요.

김규진 그래서, 지난 일간 이슬아 봄호의 슬아 님과 황소윤 님 인터뷰가 인상적이었어요. 소윤 님은 반항적이었던 반면 슬아님은 그에 비해 모범생이었고 재미가 없었다면서요. 근데 나는 그에 비하면 진짜 진짜 더 재미없는 사람인 거예요. 그냥 일반 학교 다니고 대치동에서 학원 다녔으니까요. 내 인생 이렇게 노잼일 수가, 어떡하지, 싶었어요.(웃음) 이 사회의 모범생이었던 것 같아요.

이슬아 그런 의미에서 보수적이라는 말씀이시죠.

김규진 네. 저의 정치 성향이라기보다는 원래 있는 것을 지키는 의미로서의 보수죠. 삼성 계열사에 취업할 때 마지막 면접에서 이런 질문을 받았어요.

"살면서 가장 힘들었던 경험이 무엇입니까." 곰곰이 생각해보니까 별로 없는 거예요. 그래서 정직하게 "사실 저는 큰 굴곡 없는 삶을 살아왔습니다"라고 대답했어요. 그랬더니 사장님이 되게 좋아했던 기억이 나네요. 레즈비언이라서 힘든 일들이 있긴 했지만, 큰 어려움 없이 살아왔어요. 유복한 가정에서 태어나 운이 좋게 해외에서 청소년기를 보냈고, 안전하게 퀴어로 잘 배양되었고, 앞가림할 수 있을 때 한국에 돌아와서 그냥 자국민으로 쭉 살아온… 그런 점에서 보수적인 레즈비언이에요. 결혼이란 것도 사실은 되게 보수적인 거잖아요.

이슬아 보수적이죠. 가족이라는 울타리도요.

김규진 네. 사실 결혼을 안 해도 괜찮은 부분들이 있어요. 요즘 위장 이혼도 많이 하잖아요. 재산 관리 측면에서 미혼으로 남는 게 유리한 경우도 있고요. 그런데 굳이 제도권 안으로 들어가려고 하고, 나라가 하지 말라고 하는데도 꾸역꾸역 정상성을 쟁취하려는 이유도 제가 항상 그것과 함께 커

왔기 때문 아닐까요? 아까 최초에 관해 물어보셨죠. 저한테 전복성이 있다고도 하셨고요. 하지만 저는 보수성과 정상성에 집착하기 때문에… 오히려 그러다가 생긴 모순적인 전복성일 수도 있겠어요.

이슬아 이 모순적인 전복성이 진짜 흥미로워요. 그러니까 막 혁명을 하고 싶다거나 이 사회에 균열을 내고 싶었다기보다는…

김규진 '내가 진짜 이 사회의 모범생으로 살 거라서, 레즈비언이지만 결혼은 해야겠다!' 같은 모양새가 되어버렸네요.

이슬아 그래서 굳이, 가장 흔한 공장형 웨딩도 하고 싶었던 것이고요.

김규진 그렇죠.

이슬아 저와 친구들은 공장형 웨딩에 대해 '다 떠나서 미감상 못 하겠다'고 말하곤 했어요.

김규진   맞아요, 맞아요. 사실 이성애자들도 미감상의 이유로 공장형 웨딩을 피하곤 하잖아요. 근데 저는 너무 좋은 거예요. (웃음)

이슬아   (웃음) 뭐가 그렇게 좋으셨어요? 전형적인 식순과 레드 카펫을 걷는 코스 같은 게 좋으셨을까요? 맘에 걸리는 부분도 있었을 텐데요.

김규진   물론 부분 부분 마음에 안 드는 게 있었죠. 꼭 중년 남성이 주례를 본다든지, 서로에게 읽는 편지에서 여자가 꼭 밥을 잘 차려주겠다고 약속한다든지… 하지만 전체적인 구성과 분위기 같은 건 오히려 정해져있어서 더 편하다고 할까요. 귀찮은 걸 별로 안 좋아하거든요. 프로페셔널들이 말해주는 걸 잘 따라가는 게 편한 사람이란 말이에요. 만약 스몰 웨딩을 하게 되면 미감을 맞추기 위해 제가 발로 뛰어야 하는 부분이 많잖아요. 제게 미감은 어느 정도 있지만 그걸 일일이 구현해낼 힘은 없기 때문에. 그냥 자본의 힘을 빌리는 빅 웨딩을 하고 싶었어요. 현재 일하고 있는 회사도 큰 회사이고, 큰 브랜드에서 큰 마케팅을 하고 있습니다.

이슬아 빅 웨딩. 큰 회사. 큰 브랜드. 큰 마케팅…! 흥미진진해라. 결혼 과정에서 많은 분들을 만나셨을 텐데요. 이를테면 규진 님과 와이프 분이 드레스 입고 촬영하는 모습을 보면서 '저들은 쇼핑몰 모델이다'라고 결론 내린 택시 기사님처럼요.

김규진 그 기사님은 저와 와이프의 모습을 정말 아무렇지 않게 넘기시더라고요. 그래서 생각했죠. '되게 깨어있는 분이신가 보다'. 근데 나중에 저희 둘을 쇼핑몰 모델이라고 말씀하시는 거예요. '모델들이니까 여자끼리 손잡고 뽀뽀할 수도 있지 뭐'라고 생각하셨나봐요. '너무 안 깨어있으셔서 위화감을 전혀 못 느끼실 수도 있구나'. 하하하.

이슬아 푸하하하

김규진 예식장에서는 모두가 저희를 너무 따스한 시선으로 바라보고 있었어요. 저는 다 볼 수 없었지만 사회자 친구는 맨 앞에서 다 볼 수 있잖아요. 식장의 모습을요. 그때 막 이모님들도 우시고, 친척 분들도 우셨다는 거예요. 주말마다 결혼식에 다니는 분들일 텐데 제 결혼에 울어주셨다니 정말 감사했어요. 한편으로는 동성애자라는 게 사회에서 참 힘든 일로 받아들여지고 있다는 생각도 들고요. 왜냐하면 아주 행복하고 즐거운 광경인데 울었다는 건, 그들 안에 있는 동성혼에 대한 이미지가 안쓰럽고 애잔해서 그런 거잖아요. 좀 양가적인 감정이 들기는 했으나, 전반적으로 참 감사했습니다.

이슬아　하지만 동성혼을 슬프게 여기지 않는 사람이더라도, 규진 님이 식장에서 낭독하신 편지가 너무 좋아서 울었을 수 있을 것 같아요.

"사랑하는 언니에게
결혼이란 무엇일까?
우리는 지금 웨딩드레스를 입고 하객들 앞에 서 있지만 내일 같이 구청에 가서 혼인신고서를 제출하면 거절당할 거야.
마일리지 합산도, 신혼부부 대출도, 수술 시 동의도,

사망 시 상속도 안 되겠지. 함께하다 보면 분명 힘든 일이 많을 거야.

하지만 원래 인생이 그런 거 아닌가?

마일리지 합산이 안 된다면 내가 언니 카드로 적립을 할게. 신혼부부 대출이 안 되지만 1주택 세금으로 2주택을 보유할 수 있어. 수술 시 동의를 못 하게 하면 아는 사람이 있는 병원으로 가자. 사망 시 상속 순위가 밀린다면 미리 공동 명의로 법안을 설립할게. 힘든 일이 많겠지만 함께 해결하지 못할 일은 없을 거야.

우리는 지금 서로가 골라준 웨딩드레스를 입고 우리를 축하해주는 하객들 앞에 서 있어.

결혼은 이런 게 아닐까?

우리의 결혼은 행복할 거야.

나랑 즐겁게 살아보자.

사랑해.

2019년 11월 10일 신부 김규진"

— 김규진, 『언니, 나랑 결혼할래요?』, 134쪽

이슬아 제가 그 결혼식의 하객이었어도 눈물이 났을 거예요.

김규진 공장형 웨딩에 대한 전략 및 확신은 결혼 준비를 하면 할수록 더 확실해졌던 것 같아요.

이슬아 (감탄하며) '전략 및 확신'이라니…!

김규진 주변의 레즈비언들 중 결혼을 한 사람들은 있지만, 공장형 웨딩을 한 사람은 아무도 없었어요. 여러가지 이유가 있었겠지만 첫째로 하객이 많지 않고, 둘째로 예산이 적어서겠죠. 왜냐하면 부모님 펀딩을 받지 못하니까. 게다가 부모님의 친구들이 와야 결혼식 비용이 또이또이가 될 텐데 그들도 안 오고요. 셋째로는 웨딩홀이 거절할까 봐 망설인 것도 있겠죠. 이 세 가지 이유를 보니까 좀 재밌어지는 거예요. 도전 정신이 들고요. 처음에는 좀 긴장했어요. 웨딩 업체에서 거절당할까 봐요. 만약 거절당한다면 그건 그 업체의 자본주의적 결정이니까, 굳이 그 거절에 집중해서 마음 상하지는 말자고 와이프랑 미리 얘기했죠. 그런데 그걸 하나하나 깨면서 나아가니까 엄청 큰 쾌감을 느꼈어요. 점점 어디까지 갈 수 있나 테스트를 하게 되었죠.

이슬아 웨딩 산업 시장에서 레즈비언의 결혼이 환영받는 것을 보고, 이념을 이기는 신자유주의에 관해 생각했어요.

김규진 그래서 누구는 씁쓸하지 않았냐고 묻더라고요. 씁쓸하다기보다는, 돈을 내지 않고도 이런 대우를 받을 수 있으면 좋겠다고 바라게 되었지요.

김규진이 프러포즈를 결심한 뒤 가장 먼저 시작한 일은 '기획서 작성'이었다. 언니와 함께 실현할 결혼에 대한 기획서 말이다. 한국에서 안 된다 해도 포기하지 않고 최대한 결혼에 준하는 행위를 많이 실행하기 위해서였다. 기획서의 내용은 크게 세 가지로 나뉘었다.

A. 동성 결혼이 허용된 국가에서 혼인신고 하고 오기
B. 한국 내에서 상호 책임을 위한 서류 작성하기
C. 함께 살기

김규진은 각 항목별로 몹시 현실적이고 구체적인 세부 계획을 써나갔다. 가장 공을 들인 부분은 함께 사는 것에 관한 파트였다. 동거에는 정략적 준비와 정서적 준비 모두 필요하다고 판단했기 때문에, 자신의 자산 현황과 연봉 상승 추이, 미래 기대 수입 등을 그래프로 만들었다. 물론 돈만으로 행복한 결혼이 보장되지는 않을 것이다. 그는 배우자로서의 장점인 안정성, 추진력, 귀여움 또한 적극적으로 어필했다. 그렇게 고퀄리티의 피피티 파일과 함께 결혼 기획을 완성했고 언니 앞에서 발표했다. 프러포즈를 프레젠테이션한 것이다.

몹시 까다로운 클라이언트라도 통과시킬 만한 프레젠테이

션이었다. 누군가는 이런 청혼을 너무 세속적이라고, 낭만도 없이 너무 구체적이라고 말할지도 모른다. 그러나 낭만이란 지극히 세속적이고 구체적인 노력을 통해 겨우 얻어지는 것 아닌가. 사랑을 지속하고 싶은 이들은 구체적으로 말할 수밖에 없게 된다. 생활은 구체적인 것들의 총합이니까. 서로 다른 두 사람이 사이 좋게 살아가려면 짚고 넘어가야할 목록이 수두룩하다. 김규진의 청혼 이야기에서 내가 무엇보다 매료된 것은 바로 구체성이다. 사랑을 책임질 준비가 된 사람의 구체성.

그의 청혼 발표는 성공적으로 채택되었다. 나는 김규진이 쓴 책의 장르가 퀴어 자기 계발서로 분류되는 상상을 했다.

이슬아 청혼 프레젠테이션 준비 과정을 자세히 듣고 싶습니다.

김규진 피피티 파일 자체는 세 시간 만에 만들었어요. 그치만 그 전에 기획을 오래 했죠. 와이프가 "나랑 어디까지 가고 싶어?"라고 물었을 때 저는 결혼을 하고 싶다고 생각했어요. 그때부터 여러 질문들이 꼬리를 물더라고요. '결혼이 뭐지?'부터 고민한 거죠. 레즈비언들의 결혼은 정형화되지 않았잖아요. 동거가 결혼일 수도 있고, 신라호텔 영빈관에서 밥 먹는 게 결혼일 수도 있고, 이민이 결혼일 수도 있고… 제가 원하는 결혼은 뭘까 고민하기 시작했죠. 모교 대학의 기혼자 게시판과 네이트 판을 열심히 찾아봤어요. 결혼한 사람들이 어떤 문제들로 고민하는지 알아야 최대한 예방할 수 있을 것 같아서요. 일단 금전적인 문제가 무척 크더라고요. 그래서 저의 경제력과 재무 상황도 자세히 언급해야겠다고 생각했어요. 청혼 과정에서 그것 말고도 설득해야 할 것이 많기 때문에 우선 기획서를 짜게 된 거예요.

이슬아 청혼 기획서 외에도, 물질적인 청혼 선물까지 동봉하셨잖아요. 디올, 티파니, 시그니엘 같은 상품들. 그리고 감성에 호소하는 편지까지.

김규진 한마디로 김규진 재롱 대잔치 패키지를 안겨준 거죠. '이 중에 하나는 좋아하겠지' 싶어서.

이슬아 뭘 좋아할지 몰라서 일단 다 차려놓은 거군요.

김규진 이렇게 준비하는 것 자체가 좀 귀엽고 믿음직스러울 거 아니에요.

이슬아 이 이야기 듣고 제 친구가 그러더라고요. 한국에서 레즈비언 드라마 만들면 그냥 김규진을 모델로 써서 주인공 캐릭터 만들어야 된다고. 거의 히어로 캐릭터라고.

김규진 청혼 기획서 쓴다고 회사 동료들에게 말했을 때 다들 미쳤냐고 그랬어요. "누가 프러포즈 하는데 기획서를 써? 너 소시오패스야?" (웃음) 그러다 나중에 저의 전체적인 계획을 듣고 수긍했지요.

이슬아   회사 동료 분들, 정말 이 책의 주옥같은 조연으로 등장하시죠.

김규진   아, 너무너무 좋은 팀이에요. 저희 회사가 여초다 보니까 고민을 나누기가 좋아요. 이상하게 다들 저 말고 제 와이프 입장에 공감해주더라고요. 처음엔 서운했는데 나중엔 편리하다는 생각이 들었어요. 고민될 때 이 사람들한테 물어보면 대충 답이 나오니까요. 도움이 많이 된 동료들입니다.

이슬아   결혼식 축가로 '오르막길'이라는 곡을 택하셨어요. 후렴구 가사에 이런 문장이 있죠. "굳이 고된 나를 택한 그대여." 식장에서 이 가사를 새삼 다시 듣고 눈물 콧물 범벅이 되셨다고 쓰셨는데요. 그런데 사실 '고된 나'라고 말하기에 규진 님은 너무 환상적인 파트너 아닌가요? '오르막길'이라는 노래를 축가로 선택하신 과정이 궁금해요.

김규진   저는 '가벼워 보이지만 사실은 가볍지 않은 사람'으로 보이고 싶어해요. 여기서 포인트는 '사실은 가볍지 않은 사람'이라는 걸 모두가 알아야 한다

는 점이에요. '가벼운 사람인 줄 알았는데, 사실
은 가볍지 않군!'까지 한 패키지라는 거예요. 그
적정선을 지켜야 한다는 점에서 이 결혼도 마찬
가지였어요. 굉장히 힘든 결혼이긴 하지만 즐거
워 보여야 하죠. 한편, 저의 입을 통해 나오는 말
들은 다 즐겁더라도 전반적인 분위기에 조금씩
신파가 섞였으면 했어요. 굳이 신파를 섞는다면
축가를 이용해도 되겠다 싶었던 거죠.

이슬아　듣고 보니 이 축가의 신파 농도는 완벽했네요.

김규진　그 신파는 내 입이 아니라 노래 부르는 친구 입을
빌린 거니까 또 적당하고요.

이슬아　하지만 당신이 다 기획한 거잖아~

김규진　와이프한테는 이렇게만 말했어요. "친구가 이 노
래 잘 부른대." (웃음) 근데 나중에 보니 이 노래
가 축가로 엄청 많이 불리는 곡이더라고요. 제 결
혼식 이후 세 번의 결혼식에 참석했는데 그중에
서 두 번이나 이 노래가 축가였어요. '이성애자들

도 참 굴곡이 많구나~' 생각했죠.

이슬아 그나저나 책을 굉장히 빨리 쓰신 편이에요. 편집
자님이 딱히 독촉하지 않으셨는데도 빠르게 완성
하셨다면서요.

김규진 편집자님은 독촉 전혀 안 하셨고, 대신 와이프가
독촉을 많이 했어요. 와이프 덕분에 피곤한 날에
도 쓰고 잤어요. 출판 계약서에 6개월 내로 집필
해야 된다고 쓰여 있었는데요. 저는 그게 절대 어
기면 안 되는 약속인 줄 알았어요. 나중에 알고
보니 작가들의 집필은 늦어지는 경우도 많더라고
요. 출판계가 이렇게 느슨한 업무 환경인 줄 몰랐
던 거죠. 그래서 6개월 만에 썼어요. 오히려 촉박
한 기간 때문에 쓸 수 있었던 것 같아요. 저는 장
기간 프로젝트 말고 벼락치기에 능한 편이거든
요. 회사에서 맡는 프로젝트도 3개월이면 긴 축
에 속해요.

이슬아 자기 연민이 별로 없는 책이에요. 징징대는 부분
도 없고요. 편집자님이 잘 편집해주신 덕분일까

요? 아니면 규진 님 스스로 필터링한 것일까요?

김규진 편집자님 선에서 자른 원고는 한 꼭지 정도밖에 없어요. 그 글은 '우리 엄마 나빠 흑흑' 정도로 요약할 수 있을 것 같아요. 이 책의 재미를 위해 버려졌죠. 엄마에 대한 연민도 있었고요. 제 글의 첫 독자는 와이프였어요. 와이프의 코드는 아주 대중적이에요. 이를테면 와이프는 정확히 알고 구매하는 게 아닌데도 항상 베스트셀러 제품을 쓰고 있어요. 자기도 모르게 일등 제품을 고르는 거예요. 대중적으로 인기 있는 게 뭔지 본능적으로 아는 사람 같달까요. 음악도 대중적인 것만 들어요. 엄청나게 대중적인 사람이니까 제가 그 감을 믿고 글을 쓸 때마다 보여줬죠. "읽어봐, 재밌어?" 그런데 제가 좀 불쌍하게 나온 이야기는 딱 보자마자 말하더라고요. "아. 재미없다."

이슬아 냉정해…

김규진 그래서 자기 연민 파티 같은 이야기는 바로 쳐냈죠.

이슬아   가까운 사람이니까 "너 정말 힘들었겠구나." 하고 같이 슬퍼하며 읽을 가능성이 더 높을 거라고 생각했어요.

김규진   와이프 입장에서 그건 과거의 일이잖아요. "너 정말 힘들었…겠지만 그건 지나간 이야기잖아?"라고 말하는 느낌.

이슬아   언니 덕분에 명작이 탄생한 거군요. 한편 출판사의 김소연 편집자님과도 좋은 협업이었다고 들었어요. 책을 쓰기로 하고 '숙련된 편집자를 원한다'고 밝히자 이분을 소개받으셨다고요.

김규진   제가 정상성, 보수성, 대중성 같은 가치를 추구하잖아요. 숙련된 편집자님을 원했던 것도 같은 맥락이에요. 거대 자본의 힘을 빌리고 싶듯이, 숙련된 사람의 세월에 업혀서 책을 쓰고 싶었어요. 편집자님과 일하면서 알게 된 건 이거예요. '숙련된 편집자는 유치원 선생님과 구별할 수 없다.'

이슬아   푸하하. 어째서죠?

김규진 엄청난 동기부여와 엄청난 칭찬을 쏟아주시니까요.

이슬아 부모님과의 갈등도 책의 중요한 부분 중 하나인데요. 무척 마음 아픈 이야기인데도 불구하고 생각보다 빠르게 슥 넘어가시더라고요. '뭐, 부모님이랑도 죽기 전엔 화해하겠지' 정도의 느낌으로요.

김규진 부모님 이야기를 길게도 써봤는데, 자기 연민과 신파는 재미없고 구리더라고요. 그리고 엄마, 아빠의 명예를 어느 정도는 지켜줘야 하지 않을까 싶었어요. 특히 엄마 이야기를 많이 줄였죠. 책 속의 엄마는 실제 엄마에 비하면 정말 성인군자예요.

이슬아 정말요? 사실 책 속에 나온 것만해도 어머님은 정말 대단히 어려운 상대라고 느껴졌는데요.

김규진 그것도 실제보다 귀엽고 사랑스럽게 쓴 버전이에요. 제가 엄마를 사랑하는 마음이 남아있기도 하지만, 혹시라도 엄마가 재산을 동생에게 다 증여할까 봐요. 저는 항상 동생을 증여의 라이벌이라고 생각해요. 동생이 남자라서요. 나중에 부모님이 '남자니까 집 해줘야지'라고 할 것 같은 거예요. 효도는 내가 더 많이 한 것 같은데! 만약 엄마가 동생한테 다 줘버리면 저는 개털이거든요. 저희 세대는 이전 세대보다 재산을 축적하기 어려운 세상에 살잖아요. 아무리 생각해도 제가 부모님만큼 재산을 축적할 수는 없을 것 같아서 실낱같은 끈을 붙잡고 있지요.

이슬아   지금도 종종 연락하시나요?

김규진   결혼을 추진하면서 엄마와의 관계는 잘 끊었다고 생각했었어요. 엄마가 결혼식에 오지 않겠다고 말했을 때 '엄마는 내 삶에 별로 미련이 없구나' 싶어서 그 후의 연락은 다 차단하고 싶었죠. 근데 한 달 전에 갑자기 카톡이 왔어요. "규진아. 용돈 보냈다."

이슬아   금액이 컸나요?

김규진   처음엔 무시하려고 했는데 무시할 수 없는 액수
         인 거예요. 그치만 최근에 엄마가 저에게 잘못한
         게 또 있었어요. 친척 모임에서 의도적으로 저를
         배제했죠. 혹시라도 제가 와이프랑 같이 나타날
         까 봐요. 정말 더럽고 치사해서 엄마한테 이렇게
         답장을 썼어요. "엄마가 그렇게 했다는 거 들었
         다. 나 그 모임 어차피 안 가니까 굳이 안 그래도
         된다." 그렇게 못된 말을 했고, 바로 이어서 "용돈
         고마워. 건강하고 행복해"라고 마무리했죠. 하
         하하.

이슬아   지금 이게 하나의 카톡이죠? 엄청 상반된 태도가
         나란히 이어지는데…(웃음)

김규진   엄마도 대단한 게, 제가 위에 못된 말 한 건 다 무
         시하고 이렇게 대답하세요. "응. 엄마 건강하고
         행복할게~"(웃음) 엄청 해괴한 대화예요. 나쁘
         지 않은 것 같아요. 서로 정신 승리하는 관계.

이슬아   지독하게 양가적이다!

김규진 주변 퀴어들이 "부모님이랑 의절하면 어떡하죠?"라고 질문할 때가 많아요. 저는 이렇게 말해주고 싶어요. 의절하고 싶어도 쉽지 않다고. 엄마도 양가적인 감정이 들겠지요. 좋은 엄마가 되고 싶은 마음과, '으악 레즈비언 싫어' 하는 마음 사이에서 왔다 갔다 하시는 것 같아요.

이슬아 딸이 레즈비언임을 알았을 때 엄마들의 클리셰 중 하나가 "내가 악마를 낳았다, 사탄을 낳았다!" 이런다면서요. 하지만 딸들의 반응은 "엄마 그렇게 대단한 사람 아니야…" (웃음)

김규진 (웃음) 진짜 그래요. 객관적으로 봤을 때 엄마의 삶은 무척 유복하신 편인데도, 드라마를 좋아해서 그런지 자기 연민이 많으세요. 제가 커밍아웃을 하면 '내가 인생을 잘못 살았다'거나 '부끄러워 살 수가 없다'라는 식으로 말씀하시죠. 제 말은 다 무시하고 본인 말씀만 하세요. 이젠 결혼을 했으니까 더 이상 무시할 수 없으시겠죠. 근데 또 엄마가 만만치 않은 게, 아직도 자기 주변인들은 모를 거라고 생각하세요.

이슬아　하지만 규진 님은 이미 KBS 뉴스에 나왔잖아요. 동성혼을 올린 사람으로요.

김규진　KBS에 나왔어도 내 친구들만은 모를 거라고 생각하는 거죠. 그래서 어디 가서 이야기하지 말라고 저한테 당부를 하시더라고요.

이슬아　전 국민한테 얘기해서 이제 더 얘기할 사람도 없는데.

김규진　그래서 저희 엄마 친구들은 저한테 몰래 축의금을 주셨어요. 그분들도 엄마 성격을 아니까요. 엄마의 작은 세계를 친구들이 지켜주고 계신 거죠. 그동안 엄마가 잘 하셨나 봐요. 그런 배려를 받는 걸 보면요. 친구 분들이 이렇게 말씀하며 돈 보내시더라고요. "엄마한테 얘기할 수는 없겠지만 너한테 돈 보낼게 규진아~"

이슬아　아버님하고는 어떻게 지내세요?

김규진　애매한 관계예요. 서로 모른 척하면서 용인해주는. 제가 모른 척을 참 못하는 사람이지만 책 낸 것도 애기 안 했고 다큐멘터리에 출연한 것도 애기 안 했어요. 아빠도 이제 노인이고 제가 이런 활동하는 것에 스트레스 많이 받으시는데, 어차피 아빠 말 들을 거 아니면 굳이 사서 스트레스를 드릴 필요가 있나 싶은 거죠. 민감한 이슈들은 건드리지 않고 재난지원금에 대한 이야기 같은 걸 하고 있습니다. 중요한 애기는 다 비껴가는, 부녀간의 따뜻한 대화요.

이슬아　『언니, 나랑 결혼할래요?』는 고단한 여정에 대한 책이기도 하지만, 사실 아주 소박한 걸 바라는 책이기도 해요. '서로를 사랑하는 두 명의 할머니가 행복하게 잘 살아서 결국엔 건강보험료를 같이 낼 수 있게 되었다'라는 소망이요. 이렇게나 소박한 바람을 위해 무척 많은 것을 걸고 싸우는 과정이었을 텐데요. 화나고 서러울 땐 어떻게 마음을 다스리셨지요?

김규진　화날 땐 화를 냈고 서러울 땐 울었습니다. 그래서 잘 견딜 수 있었어요. 사실 이렇게 많은 일들이 일어날 거라고 생각하지는 못했어요. 알았다면 망설였을 것 같아요. 오히려 몰랐기 때문에 하나하나 밟아온 듯해요. 한창 바쁠 때에는 인생을 하루 단위로만 살았어요. 일주일 단위로 생각하면 일이 너무 많고 힘든 거예요. 그 정도로 생각지도 못한 일들이 하루하루 닥쳤어요. 내일 일은 신경 쓰지 말자 하고 사니까 살 만했어요.

이슬아 책이 출간되고 두 달이 지나 저희가 만났는데요. 지난 두 달간 책이 일으킨 반향 중 어떤 것이 흥미로우신가요?

김규진 라이히라니츠키라는 문학 평론가가 그런 말을 했대요. '작가의 작품에 대한 이해도는 조류학에 대한 새의 이해도와 다르지 않다'고요. 작가들이 뭣도 모른다는 거잖아요. 그런 의미에서 저도 제 책을 다 모르는 것 같아요. 제가 생각한 것 이상의 것을 보는 독자님도 계시고, 완전히 다른 것을 보는 독자님도 계시니까요. 최근에 본 리뷰 중 재밌었던 것은 반동성애 기독교 단체에 속해 계신 분의 글이었어요.

이슬아   일단 그런 단체의 일원께서 이 책을 샀다는 것 자
체가 고무적이네요.

김규진   '동성애자들이 무슨 주장을 하는지는 알아야 하
지 않겠냐' 싶으셨던 거죠. 성실하신 분이에요.
근데 그분이 감상평에 이런 한 줄을 쓰셨어요.
"이 책을 읽고 많은 생각이 들었다…"

이슬아   말줄임표(…)로 끝나다니. 이 책 때문에 흔들리
셨네요.

김규진   그러니까요. 너무 귀여운 거예요. 생각지도 못한
영향을 드려서 기뻤고, 한편으로는 그분이 너무
큰 혼란을 겪지는 않으셨으면 좋겠다는 바람도
들었어요. 독자와 책의 관계에 대해 매일 새롭게
알아가는 것 같아요.

이슬아   글쓰기와 말하기 중 어느 쪽이 더 편하신가요?

김규진   좀 치사한 답변이지만 프레젠테이션이 제일 자신
있어요. 글과 이미지와 말을 모두 적절히 활용하

는 작업이잖아요. 제가 일하면서 가장 주의를 기울이는 부분이기도 하고요. 『언니, 나랑 결혼할래요?』도 책이긴 하지만 그 안에 텍스트 말고도 여러 요소가 있어요. 기획서이자 프레젠테이션 같기도 한 형태라서 좋다고 생각해요.

이슬아　이 책의 완성도는 규진 님의 직업이 마케터인 것과 매우 유관하겠군요.

김규진　유관하죠. 저는 스스로를 '직업 작가가 아니다. 돈 받고 글쓰는 사람이 아니다'라고 말해왔는데요. 생각해보니 마케터로 일하면서 글 쓸 일이 많거든요. 외부의 소비자를 향한 카피를 쓸 때도 그렇지만 회사 내부의 동료들을 설득할 때에도 항상 글을 쓰죠. 이메일로도 많은 글을 쓰고, 프레젠테이션할 때 스크립트도 쓰기 때문에 사실 언제나 글을 써온 거예요. 물건을 팔거나 누군가를 설득하기 위한 글을 6년 동안 월급 받으며 쓴 거죠. 제 책이 알기 쉽고 메시지가 확실한 건 그래서이지 않을까 싶어요.

이슬아 '대세감'이라는 워딩도 마케터가 쓸 수 있는 워딩 같아요. 차별금지법도 동성혼도 이미 '대세'지만 그보다 '대세감'이 더 필요하다고 하셨잖아요.

김규진 2000년대 초반부터 쓰인 용어로 알고 있어요. 실제로 어떤 현상이 대세인지 아닌지와 무관하게, 대세로 느껴지는 것. 그게 대세감이에요.

이슬아 대세로 느껴지는 것.

김규진 네. 실제로 대세인지 아닌지는 알기 어려워요. 정보가 넘치는 세상이니까요. 그럴수록 왠지 '이게 대세인 것 같다'는 느낌이 중요하죠.

이슬아 그런 점에서 책 집필은 대세감을 늘리는 작업 중 하나였겠어요.

김규진 독자님들이 그런 말씀을 해주시더라고요. 『언니, 나랑 결혼할래요?』라는 제목의 무지개색 도서가 교보문고 매대에 버젓이 놓여있는 것만으로도 너무 좋았다고요. 이 책이 크게 잘 팔리지 않더라도, 그 광경만으로 굉장히 큰 의미가 있겠다고 생각했어요. 평범한 사람들이 서점을 지나다가 '언니 나랑 결혼할래요? 뭐지? 뭔 말이지?'라고 생각하도록 만드는 거잖아요. 한 명 한 명에게 이야기해서는 도달할 수 없는 숫자죠. 그런 것을 노렸어요.

이슬아   요즘의 신혼 생활이 조금 더 궁금해져요. 결혼 과정에서는 규진 님이 더 주도적이었는데, 살림에서도 그런 편인가요?

김규진   와이프는 '확실하게 싫은 것 외에는 전부 괜찮은 편'이어서 제 주도로 집을 꾸밀 수 있었어요. 저는 제가 원하는 김규진의 상보다 실제로 좀 더 예민한 사람이더라고요. 호불호가 확실한 편이고요. 그냥 인스타그램에 올라오는 인테리어 사진에 있는 듯한 화이트 톤과 원목 가구들을 선호해요. 취향 자체는 대중적인데 그걸 벗어나는 걸 되게 안 좋아해요. 그래서 와이프가 시무룩해질 때가 많았어요. "자기야. 이 전등 귀엽지 않아?"라고 물어보면 즉시 "아니."라고 대답하고…

이슬아　　그렇게까지 정색하다니…

김규진　　왜냐하면 안 귀여우니까…

이슬아　　아무튼 규진 님은 대체로 먼저 주도하는 게 편하
고, 와이프 님은 대체로 남이 먼저 움직이기를 원
하는 사람이니까 궁합이 잘 맞는 편이겠어요.

김규진　　그죠. 하지만 만약 저 같은 사람 두 명이 만나거
나 와이프 같은 사람 두 명이 만나면 파국일 것
같아요. 와이프한테 "내가 혹시 먼저 프러포즈
안 했으면 어떻게 하려고 했어?" 물어보니까 "하
게 만들었겠지. 할 때까지 눈치를 줬겠지"라고
대답하는 거예요. 절대 자기가 먼저 하지는 않는
구나, 하고 새삼 느꼈죠. 그럼에도 불구하고 잘
맞는 이유는 다른 점이 잘 보완돼서인 것 같아요.

이슬아　　결혼을 해도 혼자 쉴 수 있는 공간과 시간이 확
보되는 게 중요할 것 같은데, 어떻게 하고 계시
나요?

김규진   공간보다는 시간이 분리되어 있어요. 일단 출퇴근 일정이 다르니까요. 나만의 시간이 자연스럽게 확보되어서 추가적인 갈망은 없는 상태예요. 저나 와이프나 결혼하기 전에는 각방이 두 개 있는 걸 선호하는 사람들이었어요. 근데 결혼하고 나니까 와이프가 각방 절대 안 된다고 말하는 사람이 되어있더라고요. 사람은 역시 같이 살아보지 않으면 모르는 면모들이 있음을 느끼고 있습니다. 저희는 부대끼며 사는 것에 큰 문제가 없는 사람들이었나 봐요. 몰랐어요. 둘 다 혼자서 오래 살았으니까요.

이슬아   최근엔 고양이 두 마리를 입양하시면서 약간 4인 가족처럼 되셨죠.

김규진   네. 거의 정상 가족.

이슬아   고양이를 축으로 굴러가는 일상의 루틴이 생기셨겠네요.

김규진   생각보다 손이 너무 많이 가서 깜짝 놀랐어요. 생명체 둘이 더 생기니까 많은 일들이 추가되더라고요. 가사 활동도 늘어나고요. 원래 출근할 땐 나만 준비하고 나가면 됐는데, 이제는 일어나서 애기들 쓰다듬어주고 밥 주고 똥 치워주고 나가니까 저만의 시간이 줄어들었어요.

이슬아   와이프 님과 규진 님 사이의 가사 분담은 수월하게 이루어지나요?

김규진   요즘은 제가 조금 찔리는데요. (웃음)

이슬아   (웃음) 바쁘셨나요, 요즘?

김규진   네. 자주 피곤해하니까 최근엔 와이프가 좀 더 많이 맡아줬어요. 그전까지는 좋아하는 것에 따라서 나눴고요. 와이프는 설거지를 할 때 스트레스를 안 받고 속도도 빠른 편이라 설거지와 분리수거를 맡고, 저는 우리 화장실 청소와 고양이 화장실 청소를 맡았죠.

이슬아   똥, 오줌 담당이셨군요.

김규진 네. 저는 더러운 것에 대한 역치가 높아요. 와이프는 건드리기도 싫어하고요. 그래서 제가 큰 더러움을 담당하고 와이프는 작은 더러움을 담당했는데, 요즘엔 좀 눈치가 보이네요. 그래서 재택근무를 하는 동안 열심히 가사도 맡으려고 합니다.

이슬아 결혼은 일면 부담스러운 제도잖아요. 이 부담스러운 제도가 어떤 점에서 규진 님과 잘 맞는 것 같나요?

김규진 저는 결혼의 부담스러운 점이 참 좋아요. 생각보다 질척이는 사람이어서요. 누구나 그렇듯 저에게도 헤어짐에 대한 불안감이 있어요. 어떻게 해야 헤어질 확률을 줄일 수 있을까? 헤어지기 힘들면 덜 헤어지지 않을까? 질척이면 질척일수록 한 번 더 생각해볼 거 아니에요. '헤어지려면 이만큼의 노력을 해야 하는데, 그 정도로 얘가 싫나?' 하고요. 스스로도 구속하고 와이프도 구속하기 위해 결혼을 하고 싶었어요.

이슬아 그래서 제도로도 묶이고 싶고, 경제적으로도 묶이고 싶었군요.

김규진   네. 구속을 좋아하니까요.

이슬아   '대의 아닌 편의'를 위해서 시작한 일들인데 엄청 커져버렸어요. 주변의 퀴어 친구들로부터는 어떤 이야기를 들으시나요?

김규진   모르는 퀴어들로부터 생각보다 많은 말을 들어요. 힘이 된다고. 고맙다고. 이성애자들로부터는 '덕분에 시야가 넓어졌다, 고맙다'는 이야기를 들었어요. 친구들의 엄마나 할머니로부터도 지지를 받아요. 제가 어디 출연하면 '우리 규진이가 티브이 나왔다'면서 좋아하시고요. 그러니까 저희 친엄마 빼고 수많은 엄마들의 지지를 받고 있습니다.

이슬아   책의 후반부에는 구청에서 혼인 신고가 불수리 처리되는 장면이 나와요. 무척 지지부진한 과정 끝에 결혼을 거절당하셨죠. 하지만 규진 님이 귀한 선례를 만드신 거니까, 그 이후 구청에 대처

매뉴얼이 생기지 않았을까 생각해보았어요.

김규진 생겼길 바라지만, 아마 아닐 거예요. 몇 년 전 김
조광수 감독의 혼인 신고가 대단히 큰 뉴스였잖
아요. 그때도 구청에서 거절당했죠. 저는 그 사례
가 구청 내부에 기록되어있을 줄 알았어요. 하지
만 제가 신고하러 갔을 때 공무원 분들이 뒤적이
던 사례집에는 없어 보이더라고요. 그분들이 열
심히 뒤적이다가 혼인 신고를 못 받아들이는 근
거로 제시한 게 동성동본 케이스였거든요.

이슬아 아…

김규진 그것보다 훨씬 최근에 있었던 큰일, 그러니까 김
조광수 감독의 사례는 들어있지 않은 것이죠. 그
냥 이상한 사람이 와서 시끄럽게 굴었던 해프닝
으로 끝날까 봐 저는 신경이 쓰여요. 그래서 매년
저희 결혼 기념일마다 구청에 가서 신고를 시도
할 계획이에요.

이슬아 너무 좋고, 응원하는 마음이에요. 많이 힘들지 않

았으면 좋겠어요. 공무원 분들이 그 업무를 처리하는 시간도 짧아졌으면 좋겠고요. 규진 님과 와이프 님이 오래 기다리지 않게.

김규진 한 번 해봐서 다음엔 웃으면서 할 수 있을 것 같아요. 미국에는 밸런타인데이마다 레즈비언 커플들을 모아서 혼인 신고를 했던 활동가분이 계세요. 그런 것처럼 계속 보여줘야 '아, 우리가 얘네를 무시할 수 없구나. 이런 걸 원하는 사람들이 확실히 있구나' 하고 진지하게 받아들일 것 같아요.

이슬아 "매일매일 작은 승리"라는 문장을 쓰신 게 참 좋아요. 최근에 경험한 작은 승리는 무엇일까요?

김규진 처음엔 작은 패배라고 생각했지만 돌이켜보니 작은 승리였던 일이 있어요. 최근에 언니가 캣 타워를 조립하다가 다쳐서 응급실에 갔어요. 이 상황 자체만으로도 너무 큰일인데, 병원에서 가족 관계를 물어보니까 머리가 새하얘지는 거예요.

이슬아   언젠가 한번은 이런 일이 있을 거라고 예상했을
          텐데도요.

김규진   네. 예상은 했지만 진짜로 닥치니까 어떻게 대답
          해야 될지 감도 안 잡히더라고요. 제가 어버버하
          던 중에 옆에 있던 와이프가 그냥 "동생이에요."
          라고 말하면서 들어갔어요. 속상하기도 속상했지
          만 모든 것이 너무 버겁게 느껴졌어요. 이 시스템
          이 너무 거대한데 내가 어떻게 우리 사이를 지킬
          수 있을까 싶어서요. 정말 시무룩했죠. 그때 와이
          프가 저를 보고, 다시 나가서 "저희 사실 부부예
          요"라고 말했어요.

이슬아   너무 멋지다.

김규진   그랬더니 카운터에 앉은 남자분이 그냥 "네." 하
          고 슥 바꿔주셨어요.

이슬아   작은 승리네요.

김규진   작은 승리죠. 그분이 저희를 배우자라고 기록해

났을 거 아니에요. 언니의 용기로 작은 승리를 할 수 있었어요. 하지만 만약 그렇게 하지 못했다고 하더라도 그 상황을 겪은 것 자체가 작은 승리라고 생각해요. 힘든 상황이었지만 언니는 치료를 받았고, 저희는 그런 일에 대한 경험을 쌓은 거잖아요. 다음엔 더 잘할 수 있겠죠.

이슬아   정말, 너무너무 멋지고요. 규진 님의 추후 계획들을 듣고 싶어요. 가까운 계획과 먼 계획을 하나씩 말씀해주실 수 있을까요?

김규진   우선 가까운 계획은 강남 입성이에요.

이슬아   강남이요?

김규진   네. 직장이 강남에 있기도 하고. 레즈비언 부부의 강남 입성 자체가 좀 재밌잖아요. 물론 강남을 떠받치는 학군은 제게 어떤 효용도 없지만요. 지금 살고 있는 주택의 실거주가 내년에 끝나서 옮길 수 있을 것 같아요. 강남에도 다양한 주거지가 있는데 엄청 비싼 곳이 아니라면 입성 자체는 가능하겠죠. 레즈비언이 보수적인 욕망을 가지면 이상하게 보는 시선이 있지만, 강남 입성이 목표인 사람도 있는 거죠. 이건 저희 부부의 단기적인 목표고요. 먼 계획으로는, 개인적으로 저는 저희 회사의 사장이 되고 싶어요.

"저희 집에서는 언니가 병뚜껑 열기 담당입니다. 항상 제가 먼저 열겠다고 덤벼들지만, 생각보다 사지에 힘이 없는 스타일인지라 결국에는 실패하고 넘기게 되더라고요. 그럴 때마다 언니는 대신 병을 열며 "자기가 다 돌려놓은 건데 내가 마무리만 한 거야"라고 저를 북돋아주곤 합니다. 오늘 구청에 가며 왠지 저 생각이 났습니다. 굳게 닫혀 있는 병을 한 명씩 돌려도 보고, 뜨거운 물도 붓고, 그 모습을 보고 점점 더 많은 사람이 관심을 가지고 시도하다 보면, 제가 열지 못하더라도 결국에 병은 열리게 되어 있지 않을까요? 분명 그럴 겁니다."

— 김규진, 『언니, 나랑 결혼할래요?』, 215쪽

김규진의 책 마지막 페이지에 적힌 글이다. 책을 덮으면서 눈물을 훔쳤다. 찬란한 사람을 만나면 이상하게 눈물이 난다. 우는데 막 힘이 차오른다. 그렇게 차오른 힘으로 김규진을 인터뷰했다. 그는 온마음을 다해 보통의 결혼식을 원한 사람. 여러 난관에도 불구하고 결혼에 한없이 가까운 무언가를 해낸 사람. 절망에도 빠지지 않고 미움에도 사로잡히지 않고 자기 연민도 툭툭 털어가며 그렇게 한 사람.

그가 쓴 책이 아주 많이 팔릴 때까지, 어느새 낡은 과

거의 이야기가 될 때까지, 그리하여 더 이상 하나도 특별한 이야기가 아니게 될 때까지 나는 이 책을 말할 것이다. 굳게 닫힌 병뚜껑을 여는 사람들 중 하나로.

그의 결혼과 함께, 사랑에 관한 잘못된 법칙들이 흔들리고 있다.

사진: 황예지

녹취록 작성: 김지영

장기하 × 이슬아

2020.09.10.

말 같은 노래, 노래 같은 말

오랫동안 달리다가 멈춰선 사람에게는 고요하고 느린 시간이 주어진다. 멈춰선 사람은 그 시간 속에서 주변을 두리번거린다. 뜨는 해와 지는 해, 냉장고 속 식재료들, 새삼스러운 내 몸, 이상한 순서로 기억나는 과거의 일들을 멋쩍은 얼굴로 바라본다.

2020년 한여름의 장기하는 그런 시간 속에 서 있다가 나온 듯하다.

'장기하와 얼굴들'의 보컬로서 장기하는 지난 십 년간 누구와도 비슷하지 않은 노래를 만들고 불러왔다. 장기하라는 장르로 분류해도 좋을 정도였다. 그는 사람들이 노래하듯 말하고 있단 걸 일찍이 알았다. 말하듯이 노래할 수 있었던 건 그래서다. 말과 노래를 능청스레 넘나드는 그의 명곡들은 모든 일상어에 깃든 음악성을 탁월하게 포착한 결과물이다. 나는 그가 부리는 재간에 피식피식 웃는 이들 중 하나였다. 너무나 말 같은 그 노래들 때문에 나도 모르게 말하다 잠깐 리듬을 탄 적도 있다.

밴드의 막을 내린 후, 장기하가 산문집을 쓰고 있다는 소식을 들었을 때부터 이 인터뷰를 상상했다. 언어에 관해 긴 수다를 떨 수 있다면 좋겠다고 생각했다. 완성된 산문집을 조금 빨리 입수해서 읽었다. 표지에는 이런 제목이 적혀 있었다. 『상관없는 거 아닌가?』 참으로 싱거운 제목이라고 생각했다. 자정 무렵에 첫 장을 펼치고 새벽 두 시쯤 마지막 장을 덮었다. 참으로 싱겁고 애틋한 책이라고 생각했다. 좋은 기억을 가지런히 간직해온 사람의 이야기였다. 음원이나 방송에서는 들을 수 없었던 이야기가 꼼꼼하고 정갈하고 균일한 문장으로 쓰여있었다. 오랫동안 해온 일을 멈췄기 때문에 쓰인 책 같았다. 한가해져야만 알 수 있고, 그만둬야만 새로 할 수 있는 일들이 있기 때문이다. 그가 어떻게 달라져갈지 궁금했다. 음악가이자 저자이자 이웃인 그에게 인터뷰를 요청했다.

2020년 8월 18일 저녁. 우리는 파주 출판 단지의 음료 가게 '문방'에서 만났다.

"파주에 사는 건 어떠신가요?"

파주 시민 1인 내가 묻자, 파주 시민 2인 장기하가 대답했다.

"얼마 전에 길을 걷다가 충격 받았어요. 걷던 중에 거미줄에 걸려서요. 그래도 나름 큰 인도였는데, 얼마나 인적이 드물면…"

고개를 끄덕였다. 나 역시 이 동네를 산책하다가 거미줄에 자주 걸려봤기 때문이다.

한적한 동네에서 한가해 보이는 사람과 마주 앉았다.

이슬아 그간 어떻게 지내셨는지 궁금합니다. 한가한 편이었나요?

장기하 네. 바쁜 지는 좀 오래된 것 같아요.

이슬아 최근에 요트 타는 예능을 찍고 오신 걸로 알고 있어요. 촬영하는 내내 일하는 기분이었을 것 같은데요.

장기하 그렇죠. 한 3주 동안 퇴근 없이 촬영한 셈이니까요.

이슬아 기하 님은 방송에 나올 때 편안한 척을 안 한다고 생각해왔어요.

장기하 편안한 척을 안 한다?

이슬아 그러니까 '방송은 방송이다'라는 마음으로 임하는 표정이었달까요. 쿨하고 편안한 출연자 말고, 늘 조금은 경직된 출연자로 보였어요. 그 경직을 애써 거둘 생각도 없는 것 같았고요.

장기하 굉장히 정확히 파악하셨네요.

이슬아 오늘 다룰 기하 님의 책에도 그런 문장이 있잖아요. 카메라 앞에서는 아무리 노력해도 평소와 똑같이 행동할 수가 없다고. 왜냐하면… 카메라가 있기 때문이라고.

장기하 맞아요. 그래서 〈요트원정대〉 섭외가 들어왔을 때에는 이렇게 생각했어요. 바다에서 아싸리 리얼로 생고생을 하면 카메라를 까먹지 않을까. 오히려 자연스러워지지 않을까. 촬영해보니 제 예상이 맞았어요. 보람도 있었고요.

이슬아 그나저나 인터뷰 요청을 수락해주셔서 의외였어요.

장기하 『깨끗한 존경』을 읽으면서 슬아 님 인터뷰가 참 좋다고 생각했어요. 나도 이런 분이 인터뷰를 해주면 좋을 것 같은데, 하는 생각도 들었고요. 그런데 『깨끗한 존경』에 등장하신 인터뷰이의 면면을 보니까 그분들은 이슬아 님의 표현을 빌리자면 '지성의 체급'이 저랑은 다른 것 같았어요. 나 정도한테는 별로 관심이 없을 것 같다는 생각을 하고 있었죠.'

이슬아 아닙니다. 관심이 많습니다. 책에 관해 여쭤보고 싶은 게 많으니 부지런히 가볼게요. 이 책은 시시각각 변하는 장기하에 관한 이야기예요. 한 권 안에서 장기하라는 사람이 이랬다가 저랬다가 하지요. 꽤나 확고해 보였던 취향과 습관도 책이 끝날 때면 달라져 있곤 합니다.

장기하 심지어 한 권이 아니라 한 꼭지 안에서도 변화하죠.

이슬아 스스로가 변화무쌍하기 때문에 책을 쓰고 싶을 수도 있지만, 오히려 그래서 망설여지지는 않았나요? 지난 날의 나를 기록으로 남기는 것이요.

장기하 그렇지는 않았어요. 왜냐하면 누구나 마찬가지라서 그런 것 같아요. 책으로 전하고 싶었던 주제 중 하나도 '모든 사람이 계속 변한다'는 얘기였어요.

이슬아   초심도 막 잃고요?

장기하   네. 〈초심〉이라는 노래를 만들 때도 비슷한 생각을 했죠. 그 노래 발매하고 제목을 영어로 번역할 일이 있어서 고민을 해봤어요. 그런데 초심이라는 말은, 영어로 번역할 수가 없더라고요. 저에게 영어 회화를 가르쳐주는 미국인 친구랑 둘이서 한참을 고민해봤는데도 모르겠는 거예요. 왜냐하면 영미권에서는 초심을 지키는 게 더 바람직하다는 인식이 없대요. 처음 가졌던 생각이 더 좋다는 개념 자체가 없는 거죠. 그런 생각이 어느 문화권에서나 절대적이지는 않다는 걸 알게 됐어요.

이슬아   이제 막 첫 책을 완성하셨는데요. 산문을 쓰는 감각은 가사를 쓰는 감각과 다른 점이 많았을 것 같습니다. 긴 글을 쓸수록 필연적으로 많은 것을 들키게 되니까요.

장기하 그렇더라고요. 늘 두루뭉술하게 숨겨왔는데, 이렇게 자세하게 나를 보여줘도 괜찮을까, 하는 생각이 쓰고 나서 들었어요.

이슬아 저는 이 책의 모든 마지막 문장이 싱겁게 느껴졌어요.

장기하 하하하

이슬아 글 한 편이 끝날 때마다 '허 참 싱거운 사람일세'라고 생각했어요. 서문에 쓰시기를, 노래와 말로는 다 할 수 없는 이야기가 있다고 하셨지요. 글로 쓰고 싶었던 이야기가 책에 잘 담겼을까요?

장기하 음… 나름대로 그런 보람이 있었던 것 같아요. 예를 들어 제가 라임에 대해서 쓴 글이 있는데요.

이슬아 '라임의 함정'이라는 글이죠. 제가 이 책에서 제일 재밌게 읽은 부분입니다.

장기하 정말요? 아무래도 언어를 다루는 분이니까 그랬을 수 있겠네요. 다른 글들은 어떤 대상을 비판하는 내용이 없거든요. 하지만 그 글은 조금이나마 비판적인 내용이고 약간이나마 이론적인 내용이니까, 독자들이 너무 가르친다고 생각하면 어쩌지? 나도 그런 책은 좋아하지 않는데, 하며 좀 걱정했죠.

이슬아 하지만 재미있는 글이었어요. '장기하와 얼굴들'이 지난 십년 간 해온 음악이 왜 그런 음악이었는지 설명되는 이야기였으니까요. 라임에 관한 기하 님의 문제의식이 흥미롭기도 하고요.

장기하 만약 그런 내용을 제가 SNS에 한두 마디 올린다고 하면 오해의 소지가 있을 수 있잖아요. 실제로 사람들과의 대화에서 꺼낸다고 해도 무척 민감할 수 있고요. 그래서 최대한 자세하게 쓰고 싶었어요. 나랑 다른 생각을 가진 음악가들을 존중하지 않는 게 아니라고. 자세하게 설명하지 않으면 누군가에게 상처를 주죠. 저는 절대로 그걸 원하지 않거든요. 제 의견이 뭐라고…

이슬아   '나는 이런 걸 선호한다' 정도로 말하고 싶었던 거군요.

장기하   그렇죠. '내 취향은 이렇다' 정도로.

이슬아   장기하는 '한국에서 가장 말하듯이 노래하는 가수'일 것 같아요. 혹시 글도 말하듯이 쓸 수 있었나요?

장기하   어우, 완전히 달랐어요. 말이 훨씬 수월하죠. 물론 말을 이용해서 노래 만드는 게 쉽지만은 않지만, 저한테는 어느 정도 익숙한 일이거든요. 딱 1년 전에 책을 쓰기 시작했는데 처음에 세 줄 쓰고 못 쓰겠더라고요. 한 줄 쓰고 고치고, 두 줄 쓰고 또 고치다 보니까 나아가지를 못했죠.

이슬아   완벽하게 깔끔하고 군더더기 없는 문장을 추구하느라 속도가 덜 났을 수 있을 것 같아요. 〈라디오 스타〉에서 기하 님을 '문법 경찰'로 소개했던 게 생각 나네요.

장기하 네, 제가 문법 경찰이다 보니까 주술 호응을 완벽하게…(웃음) 그런데 나중에는 그냥 휘뚜루마뚜루 막 쓰자고 다짐했어요. 의식의 흐름대로 써도 생각보다 말이 되는 경우도 있더라고요. 그런 글들이 후반부로 갈수록 조금씩 늘어났어요.

이슬아 "어릴 때에는 좋은 일이 지나가면 슬퍼질 때가 많았다"라고 쓰셨지요. 유년기에 어떤 사람이었는지 궁금합니다.

장기하 어렸을 때 진짜 잘 울었어요. 완전 울보였어요. 초등학교 저학년 때까지 이틀에 한 번은 울었던 것 같아요. 저를 백 퍼센트 울렸던 단어는 '돼지'였어요. 저는 늘 좀 뚱뚱한 편이었거든요.

이슬아 울보이자 뚱보였구나…(웃음)

장기하 뚱보라서 울보가 된 건지…(웃음) 하여튼 살찐 것 가지고 놀리면 그렇게 서럽더라고요. 눈물이 바로 터지는 거예요. 돌이켜보면 신기한 게 왕따를 당하지는 않았어요. 놀리는 애들이 있고, 보호

해주는 애들이 또 있었어요. 제가 너무 잘 우니까, 장기하한테 그러지 말라고 말해주는.

이슬아 잘 울고, 살집이 좀 있었다는 것 말고는 또 어떤 특징이 있었지요? 책에 쓰여 있기로는 청소년기 때도 딱히 활동적이었던 것 같지는 않은데요. 하고 싶은 운동을 하라고 시켰을 때 아무 운동도 안 하고 등나무 아래로 가는 학생이었었다는 건, 굉장히 특징적이잖아요.

장기하 그렇죠. 남자애들 중에 저 같은 애는 별로 없었으니까요. 딱 세 명이 등나무 아래의 고정 멤버였죠. 거기 앉아서 맨날 헤비메탈 듣고, 친구가 드럼 스트로크 연습하는 거 구경하고… 운동은 잘 못하니까 싫었던 것 같아요. 저는 어렸을 때부터 잘하는 것만 재밌었어요.

이슬아 요즘 필라테스 배우신다면서요. 필라테스도 재밌나요?

장기하 재밌어요.

이슬아 잘해서일까요?

장기하 아뇨. 음… 그러니까 무슨 차이냐면, 필라테스는 승부가 나지 않잖아요. 선생님이랑 1:1 수업을 하는데 제가 선생님을 이겨먹을 건 아니니까요. 거기선 등수를 신경 쓸 필요가 없죠. 반면 구기 종목은 무조건 승부가 나니까, 마음이 엄청 불편한 거예요. 대학교 때 제가 친구한테 이런 말을 했었어요. "승부욕이 없어서 구기 종목을 안 좋아한다." 그랬더니 친구가 그러더라고요. "승부욕이 너무 강해서 그런 거 아니냐"고.

이슬아 맞네요.

장기하 그때 깨달았어요. 나는 반대로 생각하고 있었구나. 하지만 승부욕이 강한 사람들은 어떻게든 이기기 위해 노력을 하는 경우가 많아요. 근데 저는 될 게임이 아니다 싶으면 아예 안 하는 편이었어요.

이슬아 음악은 어땠나요? 될 게임 같았나요? 아니면 살

짝 해봤는데 돼서 쭉 한 건가요?

장기하   음악의 경우는 어땠냐면… 음악이랑 무관한 대학을 갔어요. 사회학과에 다녔는데, 뭐 따지고 보면 모든 게 사회니까 무관하진 않지만… 암튼 우리 과에서는 제가 음악을 제일 잘했어요. 그렇게 1등이 될 수 있었어요. 그 전엔 어떤 사고 과정이 있었느냐. 저는 사회학자가 되고 싶었어요. 근데 반년 다녀보니까 알겠더라고요. 이 학문으로는 나는 동기들을 못 이긴다. 그래서 바로 포기했죠. 학자는 되지 말아야지.

이슬아   그래서 음악 동아리 같은 걸 시작했나요?

장기하   그냥 술 먹었어요. 학생 활동하는 사람들의 세미나도 듣고 토론에도 참석하고, 그러다 토론 끝나면 술 먹고… 밴드는 대학교 3학년 때부터 했어요. 과 친구들 두어 명을 데리고 제가 가르쳐가며 했어요. 거기서도 제가 1등이잖아요. 얼마나 신나요. 그러다가 드러머를 찾던 다른 과 형들이 저 보고 같이 하자고 해서 시작한 게 밴드 '눈뜨고 코베인'이었죠.

이슬아   거기서 두 개의 자작곡을 쓰셨죠. 〈말이 통해야 같이 살지〉. 또 하나는 뭐였더라?

장기하   〈난 속이 좁은가 봐〉.

이슬아   둘 다 웃긴 노래죠. 십 대 때 들었어요.

장기하   십 대 때 '눈뜨고 코베인'을 듣는 학생… 대안학 교의 영향인가요?

이슬아   그랬던 것 같네요. 2005년부터 2010년까지의 일 들인데, 인디 밴드의 음악을 듣는 게 저희 학교에 서는 대세였어요. 심지어 너무 대중적인 취향이 라고 무시받는 음악이 '크라잉넛'이나 '노브레인' 이었을 정도… 인디 음악 좀 듣는다 하는 애들 입 장에서 그들의 음악은 그냥 기본이었던 거죠. '이 제 겨우 그거 들어?' 하는 느낌. 얼리 어답터들 은 더 안 유명하면서도 좋은 뮤지션을 찾아 떠나 고요. '눈뜨고 코베인'을 듣는 애들도 그래서 많았죠.

장기하　한마디로 힙스터 조기 교육이네요.

이슬아　그쪽으로 너무 일찍 다녀온 애들은 또 극단적으로 튕겨져 나오기도 하는 것 같아요. 이제 다들 K-pop과 아이돌을 좋아한답니다. 최근 이야기로 점프해볼게요. '장기하와 얼굴들'이 해체한 지 1년이 반 정도가 지났습니다. 해체 이후의 생활은 어떠셨나요?

장기하　쉬었죠. 파주로 이사를 왔고요. 밴드 마무리하고 거의 바로 온 거죠. 밴드로 10년 달려왔으니까 안식년을 가져야겠다고 생각했어요. 나중에 새로운 걸 하더라도 일단은 아웃풋을 내지 않는 시기가 필요했어요. 그러려면 늘 만나던 가까운 사람들이랑 물리적으로 약간은 멀어져야 할 것 같았는데, 막상 이사를 와도 딱히 멀어지진 못했고⋯ 서울에서 파주까지 대리비가 많이 나왔죠.(웃음) 작년 상반기에는 베를린에 잠시 다녀왔어요. 그때의 이야기는 한 톨도 안 쓰게 되더라고요. 밴드를 안 하는 상황에 적응을 못했던 시기였어요. 열심히 베를린을 돌아다니고, 클럽이랑 공연장도 많이 다니고, 재밌는 사람도 많이 만났거든요. 근데 행복했다는 기억은 없어요. 그리고 하반기엔 영화를 하나 찍었어요. 작년 여름부터 책을 쓰기 시작했고요.

"과거로 돌아가고 싶다고 생각한 것은 아니다. '장기하와 얼굴들'을 작년에 마무리한 것은 아무리 생각해도 잘한 일이다. 그때였기 때문에 그 활동에 관여한 모든 사람들이 서로를 축복하며 인사 나눌 수 있었다. 올해였다면, 내년이었다면, 혹은 삼사 년 후였다면, 그런 일은 장담할 수 없었을지도 모른다. 그리고 내 창작도 앞으로는 지금까지와 달라야 한다. 많은 것을 바꾸어야 한다. 그래야 새로워질 수 있고, 오래 즐겁게 할 수 있다. 이러한 생각들은 집에 도착해 이 글을 쓰고 있는 지금도 전혀 바뀌지 않았다. 다만 새롭게 알게 된 사실이 하나 있다. 나는 그 십 년을 그리워하고 있으며, 아마도 평생 그리워하게 될 것이다. 특별한 십 년이었다. 나는 밴드를 했던 것이 아니다. 밴드를 '믿었다'. 밴드라는 것이 가진 특별한 가치를 진심으로 믿었던 것이다. 고등학교 때에는 신을 믿었다. 대학 초년생 때에는 이런저런 철학 사상을 믿었다. 그 후에는 음악을 믿었다. 그중에서도 밴드, 밴드 음악을 믿었다. 아마 누구나 그렇겠지만, 나는 늘 뭔가를 믿고 싶었던 것 같다. 솔직히 말해 지금은 아무것도 믿지 않는다. 무언가를 좋아하기도 하고 그것에 연연하기도 하지만, 종교처럼 믿지는 않는다. 밴드는 내가 가장 최근까지 믿었던 무언가다. 어쩌면 내가 오늘 자유로 위에서 느낀 것은 내 인생에서 믿음의 시절이 지나갔다는 데서 오는 서글픔이었는지도 모른다."

― 장기하, 『상관없는 거 아닌가?』, 105쪽

장기하   그때까지가 딱 좋겠다고 생각했어요. 글에 쓴 그대로예요. 다 알려진 사실이지만, 제가 되게 독재자였어요.

이슬아   독재적인 일인자의 뜻대로 굴러가는 밴드는 '장기하와 얼굴들' 말고도 많잖아요.

장기하   그렇죠. 그래도 정도의 차이는 있는데, '장기하와 얼굴들'은 제가 곡의 초안을 만들어오면 거의 바꾸지 않는 경우도 많았어요. 고맙게도 멤버들이 잘 인정해주고 따라와줬지만, 자기가 마음껏 펼쳐보고 싶은 무언가를 못 펼치고 있는 듯한 멤버도 있었어요. 진짜로 각자 혼자서 한번 해볼 때가 왔다는 생각이 들었죠. 제가 밴드를 '믿었다'고 썼는데요. 이제 '밴드교'는 여기서 떠나야겠다 싶었던 것 같아요.

이슬아   "내 창작도 지금까지와는 달라야 한다. 많은 것을 바꾸어야 한다"라는 문장이 기억에 남아요. 어떻게 달라지고 싶나요?

장기하   그걸 모르는 상태로 밴드를 마무리했어요. 지난 1년 반 동안 답을 찾는 과정이었던 것 같아요. 이제는 조금 정리가 됐어요. '이 직후 프로젝트는 이런 식으로 해야겠다' 정도는 정해졌달까요.

이슬아   궁금하니까 조금 더 자세히 말씀해주세요.

장기하   그동안 제가 평소에 쓰는 언어 자체의 운율을 보존하며 음악을 만들어왔잖아요. 그 특징을, 더 심화시켜야겠다고 생각했어요.

이슬아 더 심화시킨다고요? 재밌겠다.

장기하 말의 운율을 더 심화시키고, 오히려 나머지 장르적인 요소를 덜어내려고요.

이슬아 지금까지는 모든 노래를 밴드에 최적화된 곡으로 발전시켰을 텐데, 이젠 안 그래도 되잖아요. 어떤 결과물이 나올지 궁금하네요.

장기하 사실 저도 막연해요. 일단 뭐든지 가능하다고 생각하지만, 그동안 밴드와 함께 작업하는 게 습관이었으니까요. 로직 창을 켜고 드럼, 베이스, 기타 두 개, 건반 하나, 보컬 트랙을 만들어놓고 시작하는 방식이요. 10년 동안 그랬으니 그 습관을 완전히 지우는 데에 1년 반이 걸린 것 같아요.

이슬아 새로 완성될 음악들을 기대하고 있었는데, 말하듯이 노래하는 특징을 더 심화하신다니 벌써 웃음이 나오네요. 기하 님은 거의 극단적일 만큼 일

상어 같은 노래를, 그런 장르를 개척해왔잖아요. 이 작업 과정이 궁금했어요. 흔한 말을 가지고 노래로 만드는 과정이요. 메모로부터 출발하나요, 중얼거림으로부터 출발하나요?

장기하 중얼거리는 게 먼저인 것 같아요. 발음을 해봐야 그 말의 운율을 알 수가 있으니까.

이슬아 사람들이 평소에 그 말을 쓰는 억양이, 기하 님의 노래에는 그대로 살아있어요.

장기하 제가 가장 좋아하는 방식이에요. 한국어가 억양이 별로 없다는 말은 진짜 말도 안 되는 얘기예요. 사람이 감정이 있는 한 억양이 없을 수 없죠. 어떤 언어나 마찬가지고요.

이슬아 듣고 보니 감정에 따라 다른 억양이 만들어지네요. 답답한 포인트에서 세게 말한다든지, 길게 늘리며 말한다든지.

장기하 그렇죠. 자기가 중요하게 생각하는 부분을 더 높거나 길거나 크게 말하고 그런 식이잖아요. 방금도 제가 '높거나 길거나'는 강조해서 말하고, '그런 식이잖아요'는 슥 빼면서 말했죠. 〈그렇고 그런 사이〉라는 노래에서도 "말하기도 좀 그렇지마는"처럼 읊조리며 말하는 가사는 MC분들께 영향을 많이 받았어요. 유재석 형님이나 최양락 형님처럼 예능 MC를 잘 보시는 분들의 특징이 뭐냐면 강조해야할 것을 더 과장되게 말씀하세요. "시청자 여러분! 저희가 ~~~를 준비했습니다!"라고 말했다가, 곧바로 억양에 힘을 빼서 "어떻게 보면 이건 저희가~" 하고 다른 말투로 이어가시죠. 별 의미값이 없는 것들은 빨리빨리 흘려가며 얘기하는 거예요. 그 대비가 좀 재밌다고 생각했어요. 그래서 제가 만드는 노래도 "너랑 나랑은"에서는 세게 힘줘서 발음하고, "말하기도 좀 그렇지마는"에서는 힘을 슥 뺀 거죠. 우리가 말하는 모든 것에 음악이 있다고 생각해요. 영화에서 흑인분들이 대사 치는 장면에 비트만 깔면 대충 힙합처럼 들리는 경우가 많아요. 한국어로도 그런 느낌을 줄 수 있을 것 같았어요.

이슬아 가사로 만들 때 더 선호하는 느낌의 단어들이 있나요? 입 안에서 유독 잘 굴러가는 단어가 있잖아요. 혹시 반대로, 피하는 어감의 단어도 있나요? 이를테면⋯ '각혈'같은 어감의 단어는 가사로 쓰기 어려울 것 같은데요.

장기하 각혈이라니, 이야⋯ 각혈⋯! 그 단어를 가사로 쓰는 경우 진짜 흔치 않을 것 같네요.

이슬아 이 단어가 지금 왜 생각났는지 모르겠는데, "말하기도 좀 그렇지만은" 같은 문장은 걸리는 것 없이 입 안에서 돌돌돌 굴러간단 말이예요. 그런데 '각혈'은 탁탁 걸리잖아요. 이런 말도 노래의 재료로 사용하시나요?

장기하 우리말 언어로 운율을 만들 때 중요한 게 '고 앤 스톱'인 것 같아요. 울림소리와 안울림소리라는 개념이 있잖아요. 한 음절이 끝났을 때 소리가 남으면 울림소리고, 완전히 소리가 없어지면 안울림소리거든요. 예를 들어 날, 맘, 유, 이런 건 울림이고, 각, 잡, 밥 이런 건 안울림이죠. 부드럽게 가다가 슥 멈추고. 가다가 슥 멈추고. 이런 흐름을 울림소리와 안울림소리로 통제할 수 있어요. 그러니까 각혈 같은 단어도 분명히 쓰임새가 있을 거예요. 스톱을 위한 쓰임새요.

이슬아 오히려 입에서 부드럽게 굴려지는 울림소리로만 가사를 쓰면 재미가 없겠어요.

장기하 단조로워질 수 있죠.

이슬아 재밌네요. 저에게 말소리가 크나큰 화두라 그런 것 같아요. 기하 님은 책 낭독자로도 여러 번 일하셨잖아요. 유발 하라리 책들 낭독하신 것 즐겁게 들었는데요. 원래부터 낭독이 편안하셨나요? 보통은 훈련이 필요한 일인데요.

장기하 노래를 하면서 어느 정도 훈련이 됐다고 생각해요. 어떻게 하면 이 가사를 잘 전달할 수 있을지 연구하면서 했으니까요. 클럽에서 마이크로 노래해도 관객들이 무슨 말인지 대번에 알았으면 하는 마음으로 불렀거든요. 그 과정에서 자연스럽게 낭독 훈련도 된 듯해요. 낭독은 제가 생각해도 잘하는 것 같아요.

이슬아　듣고 보니, 무슨 말인지 모르겠는 창작은 하나도 안 하셨네요.

장기하　네. 그런 건 안 했죠.

이슬아　참신한 사운드나, 실험적으로 변주하는 연주는 있었지만… 무슨 말인지 이해가 안 되는 노래는 단 한곡도 없었습니다. 기하 님에게 대중성이란 뭘까요?

장기하　대중성이요…? 질문이 이렇게 흘러갈 줄 몰랐네. 음… 일단 실체가 없는 개념인 것 같아요. 사실 뭔지 잘 모르겠어요. 그게 밴드 10년 하고 내린 결론이에요. '대중성 뭔지 모르겠다!'

이슬아　알 것 같기도 할 때가, 있지 않으셨나요?

장기하　알 듯 모르겠어요. 처음 '눈뜨고 코베인'으로 음악을 시작했을 때, 당시 한국에 있는 모든 음악 중에서 저는 '눈뜨고 코베인'의 음악이 제일 좋았어요. 제 취향으로는 그랬던 거죠. 그런데 제가 그렇게 좋아하는 음악이 한 번도 인기 차트에 들어가지 않았기 때문에 명백히 알게 되었죠. 내 취향은 대중성이랑 무관하구나. 그걸 바라고 시작하면 안 되겠다. 그래서 '장기하와 얼굴들'도 그냥 클럽에서만 공연한다는 전제로 시작한 거예요. 서른 명 정도 모인 클럽을 상상하면서 〈싸구려 커피〉를 만들었어요. '여기서 이런 가사를 딱 부르면 너무 재밌겠지?' 이런 생각으로. 그게 전 국민적인 히트곡이 될 줄은 몰랐죠. 저를 포함해서 붕가붕가레코드 사람들도 예상 못했어요. 그러다 2집까지 히트를 치니까, 그 무렵엔 대중성이 뭔지 좀 알겠다고 생각했던 것 같아요. 그런데 3집 때 충격을 받았어요. 제가 예상했던 것보다 성격이 훨씬 저조하게 나와서.

이슬아 '장기하와 얼굴들'의 성적이 저조했을 때가 있나요?

장기하　3집은 차트에서 하루 이틀 만에 광탈했거든요. 지금 생각해보면 아무 일도 아닌데 당시엔 너무 큰 고민에 빠졌죠. '내가 뭘 잘못했지?' 하고. 그 후에 대중성을 향해 많이 노력했던 앨범이 4집이었어요. 3집보다 성적이 더 좋았다는 점에서 보람이 있었죠.

이슬아　별생각 없이 냈는데 기대 이상으로 호응을 얻은 노래들도 있다고 책에 쓰셨는데요. 어떤 노래가 그랬나요?

장기하　알아서 인기를 얻은 곡 말이죠? 〈그 때 그 노래〉라는 곡이 있는데 대단한 히트곡은 아니지만 예상외로 인기가 정말 많은 것 같아요. 그리고 제가 만든 노래는 아니지만 〈풍문으로 들었소〉같은 곡도 히트곡이 되었죠. 그런 노래들은 띄우기 위해서 딱히 노력한 건 없었어요.

이슬아　내 노래를 듣고 누군가 위로를 받았다는 말을 들으면 믿기 어려울 만큼 신기하다고 쓰셨어요.

장기하　네. 나 자신을 위로하려고 만들면서 시작한 거니까요. 나중에는 그렇지 않은 노래도 생겼지만. 데뷔하기 전엔 기분이 안 좋을 때 노래를 만들면 기분이 좋아졌었어요.

이슬아　절망의 희화화?

장기하　네. 그렇죠. 지금은 직업적으로 이걸 해야 한다는 의무가 있기 때문에 그때랑 똑같을 수는 없는 것 같아요. 카메라가 있으면 자연스럽게 행동할 수 없는 것처럼. 이건 제가 극복해야 할 부분이죠.

이슬아　조금 다르게 질문하고 싶습니다. 기하 님이 쓴 가사 중에 무작위로 몇 문장을 골라보았거든요. 제가 한 문장씩 말할 테니, 이 가사가 지금의 기하 님께 해당되는지 아닌지 '예스' 혹은 '노'로 대답해주시면 돼요. 이를테면 〈등산은 왜 할까〉라는 노래의 가사를 쓰셨지만, 사실 등산을 좋아하신다면서요? 그럴 경우 '노'라고 대답하면 되는 겁니다. 노래 속 장기하와 노래 밖 장기하의 간극을 보기 위한 질문이에요.

장기하　알겠습니다. 궁금하네요.

이슬아　"사실 나는 기억이 안 나. 옛날의 내가 어떤 놈이
　　　　 었는지." (장기하와 얼굴들 〈초심〉 중에서)

장기하　예스.

이슬아　"눈이 시뻘개질 때까지 TV를 봤네." (장기하와
　　　　 얼굴들 〈TV를 봤네〉 중에서)

장기하　노.

이슬아　혹시 집에 TV 없어요?

장기하　네. 이 노래 쓸 때도 TV를 거의 안 봤던 것 같아
　　　　 요. 오히려 요새는 유튜브를 하염없이 봐요. 계속
　　　　 멍하니 보게 되잖아요. TV를 유튜브로 대체할
　　　　 수 있다면 오히려 요즘에는 눈이 시뻘개질 때까
　　　　 지 보기도 하는 것 같아요.

이슬아　"나는 별일 없이 산다. 이렇다 할 고민 없

다."(장기하와 얼굴들〈별일 없이 산다〉중에서)

장기하　노. 고민이 없을 수는 없죠. 이 노래야말로 반어
적으로 썼어요. 저희 어머니 얘기를 듣고 만든 노
래인데요. 당시 집안에 약간 안 좋은 일이 있어서
주변 사람들이 어머니께 안부를 묻는 전화를 했
대요. 근데 그 통화에서 묘한 뉘앙스를 캐치하셨
다는 거예요. "요새 어떻게 지내?"라고 물어봤을
때 "별일 없지"라고 하면 상대방이 은근히 별로
안 좋아한다는 거예요. 반대로 "우리 애가, 요새
좀 어려워…" 이런 식으로 말하면 "아유, 어쩌니,
안됐다."라고 하면서도 약간은 좋아한다는 거죠.

이슬아　너무 웃겨요.

장기하　진짜 가까운 사람 말고, 조금 먼 지인들은 그렇게
반응하는 경우가 더러 있었다고 해요. 그 얘기를
듣고 생각했어요. '별일 없이 산다는 말이 어떤
상황에서는 공격적일 수도 있겠구나.'

이슬아　그래서 노래가 이렇게 시작되는 거군요. "니가

깜짝 놀랄 만한 얘기를 들려주마. 아마 절대로 기쁘게 듣지는 못할 거다." (웃음)

장기하　그렇죠.

이슬아　다음 질문. "아무도 필요 없다." (장기하와 얼굴들 〈아무도 필요 없다〉의 제목)

장기하　노. 노. 완전 노. 요새는 특히 요트 타고 돌아와서, 저한테 사람들이 너무 필요하다는 걸 절실히 알게 됐어요. 가까운 사람들에게 소홀했다고 느꼈고요. 더 노력을 해야겠다고 생각하고 있어요.

이슬아　"초심 따윈 개나 줘버려." (장기하와 얼굴들 〈초심〉 중에서)

장기하　예스.

이슬아　"어느덧 익숙한 습관이 되어가고 있는 나와의 채팅." (장기하와 얼굴들 〈나와의 채팅〉 중에서)

장기하　예스. 나와의 채팅은 종종 하죠. 메모 기능으로. 아니면 링크를 보내두거나.

이슬아　"뭐든지 두려워할 건 없다고. 알고 보면 다 별거 아니라고." (장기하와 얼굴들 〈별거 아니라고〉 중에서)

장기하　예스. 그 생각은 변한 적이 없어요. 두려움에는 출처가 없고… 지나고 보면 다 별거 아니라는 건 오래된 생각인 것 같아요. 하지만 저 역시 그걸 까먹고 너무 두려워하며 호들갑 떠는 경우는 매우 많고…(웃음)

이슬아　언제나 초연하지는 않지만, 가능하면 다 별거 아니라는 걸 상기하려고 한다?

장기하　네.

이슬아　다음 가사입니다. "비에 흠뻑 젖은 널 두고 돌아서 걸어와 버렸어." (장기하와 얼굴들 〈아무도 필요 없다〉 중에서) 최근의 장기하에게 해당하나요?

장기하　최근엔 그런 행동을 하지 않았습니다.

이슬아　이제 마지막 가사예요. "사람의 마음이란 어렵고
도 어렵구나." (장기하와 얼굴들 〈사람의 마음〉
중에서)

장기하　아유, 그럼요.

이슬아　언제나?

장기하　언제나 어렵죠.

이슬아　〈사람의 마음〉이라는 곡을 저는 정말 좋아합니
다. 이 노래는 어떤 마음으로 만드셨나요?

장기하　'장기하의 대단한 라디오'(이하 장대라)의 DJ로
일하면서 만든 곡이에요. 라디오를 진행하면서
받는 사연은 대부분 하소연이더라고요. 좋은 일
이 있었다고 자랑하는 경우는 별로 없어요. 힘든

일로 푸념하는 경우가 많죠. 그럼 저는 조금이라도 힘이 될 말을 건네는 역할을 맡게 돼요. 그 말을 영혼 없게 하지 않으려고 노력했어요. 라디오를 들어주시는 분들이 제 인생에 무척 큰 부분이었거든요. 장대라 가족들을 위한 노래를 한번 만들어보고 싶었어요. 그 전에나 그 후에나 그런 적이 거의 없는데 그때만큼은 다른 사람을 위로하는 노래를 만들어보자는 생각이었어요. 그런데 어떻게 위로를 할 것인가. 사실 답이 없는 문제가 많잖아요. 제가 뭐라고 확실히 대답할 수 없는 복잡한 문제들이요. 일단 오늘 일과를 마치셨을 테니까 집에 가자. 집에 가서 앉아서 쉬고, 누워서 쉬다가 잠을 자자. 푹 자자. 이 정도가 현실적인 답이 아니겠는가 생각했던 것 같아요.

이슬아 자고 나면 회복되는 마음이란 게 있잖아요. 몸 뿐만 아니라 마음도 조금 회복된 채 깨어나죠. 시간도 살짝 흘러있고요. 그래서 저는 "잠을 자자, 푹 자자"라는 말이 자주 유효한 위로라고 생각해요. 아무튼 라디오를 진행하던 시절엔 마음 쓰이는 청취자들이 많았군요.

장기하　네. 요즘도 길 가다가 장대라 가족이었다고 하는 분을 만나면 되게 반가워요.

이슬아　이 책에서는 일출과 일몰의 장면이 자주 등장해요. 뜨는 해와 지는 해를 자주 보며 살아가는 사람의 책이에요. 어떤 일몰 앞에서는 이런 문장을 쓰셨어요.

"배를 간지럽혀주면 더 해달라고 드러눕는 강아지처럼, 그저 그 광경을 끝도 없이 보고 싶은 심정이 되는 것이다. 하지만 오늘의 일몰도 어김없이 끝이 났다. 하늘에서는 붉거나 푸른 기운이 완전히 자취를 감추었다. 그리고 달이 떴다. 달은 정확히 깎을 때가 돼서 깎아낸 손톱 조각 모양을 하고 있다."
— 장기하, 『상관없는 거 아닌가?』, 146쪽

이슬아　파주엔 높은 건물이 없으니까 탁 트인 일몰을 보기가 좋지요.

장기하　맞아요. 파주에 살아서 해 지는 이야기를 저도 모르게 많이 쓴 것 같기도 해요. 구름이랑 해가 만들어내는 무늬가 매일매일 달랐어요.

이슬아   저보다 딱 10년 먼저 태어나 살아가고 계신데요. 10년 전, 그러니까 스물아홉 살의 장기하는 지금 과 어떻게 다른가요?

장기하   2010년의 일 중 가장 기억에 남는 건 지산밸리록 페스티벌이었어요. 2009년에 1집 내고 1년 내내 공연을 다녔거든요. 여기저기 행사며 방송이며 다 불려다녔죠. 그러다 번아웃이 와서, 연말 콘서 트 마친 뒤엔 무기한으로 쉬겠다고 대표님께 선 언을 했어요. 2010년 1월부터 놀았어요. 그럼 좋 을 줄 알았는데, 우울해지는 거예요. 맨날 술 퍼 마시니까 살도 찌고. 거울 보면 못생겼고… 그렇 게 지내다가 7월 말에 첫 스케줄이 잡힌 게 지산 밸리록페스티벌이었어요. 그 일정 잡고 54일 동 안 금주를 했어요. 하루에 두세 시간씩 운동하고 요. 페스티벌 무대에 올라가서는 완전 방방 뛰어 다녔죠. 지금 다시 보면 그렇게까지 방방 뛰는 건 좀 세련되지는 않은 것 같아요. 그래도 기분이 너 무 좋았던 게 생각나요. 정말 행복했고요. 끝나고

선 또 반년간 술을 마셨죠. 근육량이 많아지고 체력이 좋아지니까 술이 너무 잘 들어가는 거예요. 스물아홉 살은 금주와 음주를 가장 극단적으로 했던 했였던 건 같아요.

이슬아   지난 10년간 온갖 무대에서 공연을 해오셨는데요. 유독 그리운 무대가 있나요?

장기하   '장기하와 얼굴들'로 공연했던 건 다 그립죠. 특히 여름 페스티벌들. 지산이나 펜타포트나 서울재즈페스티벌이나 안산밸리록페스티벌⋯ 물론 단독 콘서트도 좋았지만 페스티벌 무대가 희한하게 더 기억에 남네요. 야외 페스티벌만이 가지는 에너지가 있는 것 같아요.

이슬아   그렇게 큰 무대에서 뭔가를 잘한다는 건 어떤 느낌이죠? 스스로 생각해도 너무 잘한 무대를 마치고 나면 기분이 어떠세요?

장기하   정말, 무대를 잘 마치고 내려오면 기분이 너무 좋죠. 그 느낌이 진짜 그리워요. 요새는 그런 생각

을 해요. 그런 무대를 다시 할 수 있을까? 공연을 안 한 지 1년 반이 넘었으니까요. 어쨌든 저는 무대 체질인 것 같아요. 그 상황을 좋아해요. 나에게 너무 유리한 상황이잖아요. 무대에 내가 있고 모두가 날 주목하고 있고, 준비한 대로 맡은 바 임무만 잘하면 완전히 1등할 수 있거든요.

이슬아　무대가 스트레스일 때는 없었나요?

장기하　거의 없었어요. 무대는 배신한 적이 없어요. 좋은 느낌과 행복을 준다는 원칙을 어기지 않아요.

이슬아　예측하지 못한 돌발 상황이 있었을 것 같아요.

장기하　서울대학교 강당에서 공연하다가, 음향 문제로 소리가 다 꺼진 적이 있어요. 마이크랑 악기가 갑자기 뚝 끊긴 거죠. 〈달이 차오른다, 가자〉를 부르고 있었던 것 같아요. 그래서 즉흥적으로 관객들에게 코러스를 시켰어요. '워어어 어어어—' 부분이요. 당장은 제 소리를 낼 수 없으니까 관객들의 떼창을 유도한 거죠. 그렇게 컨트롤하면서 한

두 가지 농담을 하다 보면 즐겁게 시간이 가요. 그사이 음향이 또 복구가 돼요. 그럼 관객들이 다시 열광을 해요. 그런 정도의 순발력은 발휘됐던 것 같아요. 무대에서는 내가 주인공이니까 조금만 노력해도 쉽게 되잖아요.

이슬아 경쟁적인 상황에서는 실력이 덜 발휘되나요?

장기하 네. 완전히 위축돼요.

이슬아 그럼 〈무한도전〉 출연했을 때도 힘들었겠네요. 여러 음악 팀이랑 동시에 나와서 경쟁하니까요.

장기하 힘들었죠. 녹화할 때마다 스트레스 많이 받았어요. 아까 슬아 님이 그런 말씀하셨잖아요. 방송에서 편안한 척을 안 한다고요.

이슬아 한마디로 불편해 보인다는 거죠. 불편함을 너무 자연스럽게 드러내고요.

장기하 다른 방법이 없었어요. 어떻게 감출 줄을 모르니

까 다 드러나는 거예요. 어쨌든 〈무한도전〉에 나
왔으니 뭐라도 내 몫을 해야 한다는 부담감이 있
었죠. 출연했던 방송 중 제일 편했던 게 〈힐링 캠
프〉였어요. 거긴 게스트가 저 혼자밖에 없잖아
요. 혼자 1등이니까.

이슬아 이제 패턴을 확실히 알겠다. 그럼 〈라디오스타〉
는 불편하셨겠네요.

장기하 불편했죠.

이슬아 하지만 〈라디오스타〉에 나온 모습은 아주 재밌었
어요. 만만치 않았겠지만요. 게스트끼리도 경쟁
적인 데다가 MC 네 명도 쟁쟁하니까 그 사이에
서 분량을 챙긴다는 게 너무 어려울 것 같아요.

장기하 진짜 빡세요. 그런데 두 번째 출연에서는 좀 적응
이 됐어요. 제가 적응한 방식은 뭐였냐면 '난 아
무 말 안 해도 상관없다'라고 계속 생각하는 거였
어요. 다른 경우에도 마음이 불편할 때 많이 쓰는
방법이에요. '신곡을 내야 하는데 어떡하지?' 싶

어서 압박감이 들면 '안 만들어도 상관없다'고 생각하려고 노력해요. 실제로 그렇잖아요. 안 만든다고 인생이 끝장나지 않으니까.

이슬아　서 본 무대 중 유독 어려웠던 무대가 있나요?

장기하　한번은 인천에 있는 한 호텔에서 공연이 잡혔어요. 뭔가 잘못 기획된 듯한 행사였는데요. 호캉스 오는 손님들한테 저희 밴드 공연까지 포함된 패키지를 팔았던 거죠. 저희는 저녁에 실내 홀에서 공연을 하기로 했는데, 공연이 홍보가 거의 안 된 거예요. 가끔 그렇게 곤란한 일이 생겨요. 꽤 넓은 홀이어서 스탠딩으로 선다면 백 명도 들어갈 수 있는 공간인데, 관객이 스무 명밖에 없었어요. 심지어 그 스무 명도 저희를 좋아해서 보러 온 분들이 아니었고요. 그냥 숙박하러 왔다가 "내려가서 위스키 한 잔 할까?" 하며 바에 온 사람들이었죠. 연령대도 저보다 위인 어른들이요.

이슬아　아찔하다. 그래서 어떻게 했어요?

장기하　제가 평소엔 농담 해보라고 해도 못하는 사람인데, 그런 상황이 되면 이상하게 사람들을 막 웃길 수 있게 돼요.

이슬아　그때의 농담은 일종의 조련에 가깝지 않나요?

장기하　실제로 조련 비슷한 걸 해요. 무대 가까이로 나오시지 않으면 노래를 할 수가 없다는 둥, 저희도 사정이 있다는 둥… 근데 얄밉게 하면 안 돼요. 강요하면 오히려 역효과가 나죠. 대화할 때랑 비슷하다고 생각해요. 거만하다는 인상을 주지 않으면서 설득하는 방법들이 있잖아요. 뭔가 그 결이 있어요. 관객분들께 먹히는 결이요. 암튼 어르신들이 주섬주섬 가까이 나오셨어요. 호텔 와서 유명 가수 보니까 나름 좋잖아요. 박수도 치고 앵콜도 하셨죠. 그중에 꼭, 유독 흥 많은 한두 분이 계세요. 그런 분과 또 상호작용하면서 결국 스무 명의 어른들을 모두 방방 뛰게 만들었어요. 젊은 이들이 주로 오는 펜타포트 같은 무대에서는 뛰라고 안 해요. 그 순간 더 안 뛰거든요. 공부하려던 참인데 누가 하라 그러면 하기 싫어지는 것처럼요. 하지만 어른들을 앞에 둔 무대에서는 드럼 비트 딱 깔아 놓고 뛰자고 해야 돼요.

이슬아　음향이 꺼진 서울대학교 공연보다, 스무 명의 중장년층 대상 공연이 더 고난이도였을 것 같아요.

장기하　제가 겪어본 공연 중 최고 난이도였어요. 북미 투어도 약간 어려웠는데 인천 호텔 공연은 그보다 훨씬 어려웠죠. 무대를 마치고서 정말 뿌듯했던 기억이 나요. 이렇게 쉽지 않은 무대도 성공했으니까 뭐든지 할 수 있겠다 싶었어요.

이슬아　하기 싫은 일을 돈 때문에 했던 적도 있으신가요? 아니면 처음부터 너무 빵 떠서, 하기 싫은 일은 선택하지 않을 수 있었나요?

장기하　솔직히 후자에 더 가까워요. 이런 얘기하는 게 저한테 좀 불리하기는 한데 집도 가난하지 않았어요. 대학 다닐 때 학자금 대출도 안 받았고요. 슬아 님도 학자금 대출이 없었다면 상황이 많이 달라졌겠죠. 그것 때문에 좋은 일들이 많이 생기기도 했지만요.

이슬아　새옹지마를 반복하면서 삶이 흘러가는 것 같아
요. 제가 학자금 대출 갚으려다가 얼떨결에 '일간
이슬아'를 시작한 것처럼요. 기하 님은 국소성 이
긴장증이라는 병으로 드럼과 기타 연주를 포기해
야 했지만 밴드의 입장에서 생각해보면 나쁜 일
만은 아니었지요. 뛰어난 멤버들을 영입한 계기
가 되었으니까요. 악기 연주를 포기하고 싱어로
서 결성한 '장기하와 얼굴들'은 아주 빠른 시간
안에 떴고요.

장기하　맞아요. 2008년 5월에 클럽에서 첫 공연을 했는
데, 같은 해 10월에 KBS 〈이하나의 페퍼민트〉에
출연을 했으니까요.

이슬아　저는 부자가 다른 게 아닌 것 같아요. 하기 싫은
일을 돈 때문에 억지로 하지는 않아도 되는 사람,
그럴 여유가 있는 사람이 제 기준에서는 부자예
요. 그런 점에서 저도 최근에 부자가 되었고, 기
하 님은 아마 오래전부터 부자였겠죠. 제 기준에

의하면요.

장기하   그렇죠. 돈 때문에 억지로 하지는 않았으니까요.

이슬아   데뷔부터 해체까지 쭉 그랬지요? 희귀한 경우예요. 그럴 수 없는 창작자들도 많으니까요.

장기하   정말 희귀한 경우죠. 세월이 지날수록 그 생각을 해요.

이슬아   운이라는 게 뭘까요? 어떤 사람들은 운도 실력이라고 하잖아요.

장기하   운은 운이죠. 제가 잘해서 그런 게 아니라, 그냥 천운으로 이렇게 된 것 같아요. 10년간 활동하면서 정말 다양한 분들을 만나 이야기를 들었어요. 엄청 탁월하고 매력있는데도 뜨지 않는 수많은 분들도 있다는 걸 기억하면, 내가 이러이러해서 성공했다고 떠벌릴 일은 아닌 거죠. 그냥 감사해하며 살아야죠.

이슬아 '장기하와 얼굴들'은 어떻게 수입을 나눴나요?

장기하 음원 수입이랑 공연 수입은 다 공평하게 N분의 1로 나눴어요. 행사나 음원으로 번 돈을 모두 똑같이 나눴죠. 작사, 작곡에 대한 저작권료는 제가 가졌지만 편곡에 대한 저작권료는 N분의 1 했고요.

이슬아 몰랐어요. '장기하와 얼굴들'이니까 장기하가 더 많이 가져갈 것 같았는데요.

장기하 정확히 N분의 1을 해야 밴드가 분란 없이 유지될 거라고 생각했어요. 그게 밴드를 10년 동안 유지하는 데 큰 도움이 됐다고 생각해요. 물론 음악적으로도 잘 맞았지만, 돈 때문에 빈정상하면 오래 같이 하기가 힘들잖아요.

이슬아 음악에 대해 쓰신 것 중 유독 기억에 남는 문장이 있어요. "새삼 음악의 힘은 대단하다"라고, "특히 시간과 시간을 이어주는 힘에 있어서는 다른 무엇과도 비교할 수 없다"라고. 이 힘에 대해 더 자세히 얘기해주실 수 있나요?

장기하 좋아하는 음악은 꼭 어떤 장면, 어떤 시절, 어떤 사람과 같이 결부되어 남아있는 것 같아요. 뇌의 메커니즘이 왜 그런지는 저도 정확히 모르겠지만요. 사람은 시시각각 변하잖아요. 10년 전의 나랑 지금의 나는 다른 사람이고요. 근데 그 시절에 들었던 음악을 무방비 상태로 맞이하는 순간 약간 그때로 확 돌아가게 돼요. 다들 경험했을 거예요.

이슬아 그 얘기를 듣고 나니까 고등학생 때 봤던 공연이 생각나는데요. 친구랑 백현진 님 공연에 갔었어요. 그 친구는 음악 취향이 엄청 다채로운 얼리어답터였어요. 백현진 같은 가수도 진작 알고 찾아다는 애였죠. 저는 그 애를 따라 처음으로 백현진 님 노래를 들으러 갔다가 너무 낯설어서 적응을 못했어요. 고등학생의 눈에 비친 백현진 님은 그냥 이상한 아저씨였거든요. 당시에는 그저 이상해 보이기만 했지요. 그날 백현진 님이 무대에서 불렀던 노래의 가사가 이래요. "눈이 빠지도

227

록 기다렸었네. 눈이 빠지도록 기다렸었네. 눈이 빠지도록 기다렸었네. 목이 빠지도록 기다렸었네. 사일만에 집에 돌아온 여자. 끝내 이유를 묻지 못한 남자."

장기하 〈학수고대했던 날〉이죠. 너무 좋아하는 노랜데.

이슬아 저는 그 노래를 좋아하게 되기까지 오랜 시간이 걸렸어요. 근데 당시 열여덟 살이었던 제 친구가 그 노래를 듣고 펑펑 우는 거예요. 공연장 한가운데서 조용히 계속 울더라고요. 저는 그 옆에서, 그 애를 이해하지 못하면서 서있었죠. 살면 살수록 그 장면이 자꾸 생각났어요. 걔가 십 대 때 다른 친구들보다 먼저 나이가 들었었다는 걸, 제가 살면서 차츰차츰 이해하게 된 거죠. 이제 와서 생각해보면 외로웠겠다 싶어요.

장기하 말할 사람이 없었겠죠.

이슬아 그러니까요. 옆에 있는 나랑도 말이 안 통했을 거 아니에요. 그러다가 스물일곱 살 쯤에 걔를 다시 만났는데, 둘이 말이 너무 잘 통했어요.

장기하 슬아 님이 이제야 따라잡은 거군요.

이슬아 맞아요. 제가 겨우 따라잡은 거죠. 그나저나, 기하 님의 산문집에는 등장인물이 별로 없어요.

장기하 그렇더라고요. 슬아 님의 산문집에는 등장인물이 많던데요. 우리 둘은 등장시키는 인물의 수가 다르구나, 하고 생각했어요.

이슬아 저는 대가족에서 자라서인지 같은 시각, 같은 장소에서 다른 생각을 하고 있는 인물들을 동시에 묘사하는 것이 익숙해요. 반면 기하 님의 책에는 거의 장기하밖에 안 나오는데요. 그럼에도 불구하고 아주 지루하지 않다면 그 이유는 장기하가 가끔씩 멀리 다녀오기 때문인 것 같았어요. 바다나 사막 같은 곳으로요.

장기하 서평은 잘 못해도 재밌더라고요. 승부가 나지 않아서 그런가 싶기도 하네요. 바다라는 건 너무 크고 말도 안 되잖아요. 집채만 한 파도 앞에서 우리는 너무 허약한 존재들인데도, 재미가 있구나. 그 생각이 계속 들었어요. 살면 살수록 내가 통제할 수 있는 게 별로 없다는 걸 알게 되는데 그럼에도 불구하고 나름의 재미를 느끼잖아요.

이슬아   사막에서 보낸 밤에 관한 문장도 기억에 남아요.

"내 곁에 사람이라고는 단 한 명도 없었지만 그 어떤 외로움도 느끼지 못했던 그날 밤의 기분이 말이다. 사람의 언어를 알지 못하는 달과 별과 바위와 모래와 나무가 내게 말을 걸어왔던 일이 말이다. 그때 나는 혼자임을 온전히 느낄 수 있었고, 동시에 그것을 완전히 잊어버릴 수 있었다. 더 정확히 말하자면, 내가 혼자이든 아니든 아무런 상관도 없어지는 순간이었다."
— 장기하, 『상관없는 거 아닌가?』, 203쪽

이슬아   이 글을 읽고 저희 엄마의 명대사를 생각했어요.

장기하   복희 님이요?

이슬아　네. 복희 씨는 어렸을 때 산골짜기에 살았어서 늘 무성한 자연 속의 일부였대요. 그래서 자연이 내는 소리가 아주 시끄럽다는 것도 알게 됐대요. 유년기를 회상하면서 복희 씨가 이렇게 말했어요. "꼭 내가 없는 느낌이었어. 내가 없는데 아주 충만한 느낌이었어."

장기하　너무 멋진 말씀이다, 진짜.

이슬아　기하 님이 사막에서 밤을 보내고 쓴 것도 비슷한 이야기라고 느꼈어요.

장기하　가 보기 전엔 그렇게까지 편안한 밤일거라고는 예상 못했어요. 아주 낯선 곳이었으니까 아예 혼자였다면 분명 무서웠을 거예요. 같이 갔던 형님이 멀찌감치 떨어진 거리에서 믿음직스럽게 계신 덕분에 좀 더 편안했던 것 같아요. 저는 그분이 안 보일 만큼 먼 곳에 자리 잡았는데, 건물만큼 커다란 바위였어요. 그곳에 머물다가 해가 져서 밤이 됐어요. 어둠 속에서 탁 트인 사방을 둘러보니까, 저를 둘러싼 풍경이 되게 친근하게 느껴지

더라고요. 그 가사 있잖아요. "구경꾼처럼 휘파
람을 불게."(산울림'의 〈무지개〉 중에서) 정말 좋
은 가사죠. 딱 그 가사 같은 기분이었어요. 얘네
들이 나랑 같이 있다는 느낌이 들었어요. 이야기
를 나눈 건 아니지만 우리가 대충 함께 있다는 느
낌이었고, 옷을 벗고 서 있었을 때가 너무 행복했
어요.

이슬아   군더더기가 없는 느낌을 선호한다는 이야기도 기
억에 남습니다. "나는 뭐가 됐든 불필요한 것을
발견하고 그것을 제거할 때 희열을 느낀다"고 쓰
셨지요. 음반 작업 역시 불필요한 것을 줄여나가
는 과정이었고, 비싼 차를 타지 않는 것도 비슷한
심리라고 하셨어요. 그런 점에서 '채식의 즐거움'
이라는 글이 아주 명쾌하게 읽혔습니다.

"아무튼 나는 비싼 차를 타는 것이 내 인생에서 불필
요한 일이라고 여겨왔다. 육 년째 같은 차를 몰고 있는
지금도 그 생각은 변함이 없다. (⋯) 그것은 돈을 아끼
고 말고와도 좀 다른 문제다. 인생에 군더더기가 없다
는 쾌감이다. 채식만으로 만족스러운 식사를 하고 난

뒤에도 나는 같은 쾌감을 느낀다. (…) 나는 시야가 좁고 이타심이 부족하며 무엇보다 게으르기 때문에 지구 전체 혹은 다른 종을 위해 목소리를 내는 일에 적극 동참하는 일은 잘 없다. 하지만 인간이 다른 생명을 너무 많이 죽이거나 괴롭히고 있다고는 생각한다. 지구상에 다른 생명을 죽이지 않고 생존할 수 있는 종은 거의 없지만 자신의 생존에 필요한 만큼보다 더 많은 생명을 죽이는 종은 내가 알기로는 인간밖에 없다. (…) 단지 미안할 뿐이다. 내가 인간이라고 해서 돼지나 대파 앞에서 으스댈 이유는 전혀 없다, 뭐 그 정도 생각을 할 뿐이다. 그러니 육식을 줄이는 것의 즐거움은 음악의 여백을 늘리거나 아이스티를 탈 때의 그것과는 달리, 내가 다른 생명에게 끼치는 민폐를 조금이나마 줄이고 있다는 기쁨도 포함하는 것이다."

— 장기하, 『상관없는 거 아닌가』, 78~80쪽

장기하   저는 아주 소극적인 채식 지향을 하는 것 같아요. 고기도 먹지만 어쨌든 채식 쪽을 바라보고 있으니까요. 그게 좋다는 취지에 공감하고요. 막 사회 운동적인 동기에서 움직인다기보다는 그냥 자연스럽게 고기 섭취가 줄더라고요. 고기를 먹으면

위와 음식물이 이종 격투기를 벌이는 느낌인데,
채식하면 그 두 가지가 커플 체조를 하는 느낌이
라고 비유했죠.

이슬아   아니 근데 이종 격투기도 커플 체조도 안 해보셨
다면서요. (웃음)

장기하   네. 둘 다 해본 적은 없어요. 근데 아마도 느낌이
되게 다를 테니까…(웃음)

책 속의 장기하는 자주 밥을 해먹으며 지낸다. 혼자 장을 보고, 흰 쌀밥을 짓고, 두부를 데치고, 양배추 샐러드에 참깨를 뿌리고, 심혈을 기울여 완벽한 라면을 끓여 먹는다. 서두르지 않고 그렇게 한다. 빨래에도 열중한다. 드라이클리닝을 해야 한다거나 반드시 색깔 구분을 해서 빨아야 하는 옷은 사지 않는다. 그의 표현에 따르면 인생에는 신경 써야 할 것들이 한두 가지가 아니기 때문이다. 빨래가 돌아가는 동안 그는 아침 풍경을 바라본다. 그 무렵의 나뭇잎은 "거의 형광에 가까울 정도로 밝은 연두색을 띤 채 한가로이 흔들리고 있"었다고, 그는 옮겨 적는다. 그런 시간이 차곡차곡 쌓여 한 권의 책이 되었다. 나는 장기하의 문장을 따라 어떤 이의 새삼스러운 나날을 상상한다.

생활인으로서의 장기하는 평안하고 단정해 보인다. 안식년을 맞이한 사람이다. 나는 10년간 밴드로 달려본 적이 없지만 그가 그것을 잘 그만두기 위해 얼마만큼의 용기를 내고 어떤 정성을 쏟았는지는 짐작할 수 있다. 오랜만에 주어진 시간과 공간의 여백 안에서 그는 생활의 사사로운 일들을 나열하고, 그 일들 사이의 의미를 연결한다. 말과 노래와 풍경과 기억을 연결하는 글쓰기다.

시간과 시간 사이를 이어주는 힘에 있어서 음악은 다른 무엇과도 비교할 수 없다고 그는 썼다. 그러자 내 맘속에서 음악이란 게 예전보다 더 애틋한 무엇이 된다. 동시에 책 역시 그만큼이나 애틋해진다. 이 책에 적힌 것들은 다른 매체에서라면 편집되었을 듯한 이야기다. 책의 세계에서는 그런 이야기가 충분한 분량을 얻기도 한다. 시간을 들여 이야기할 기회가 주어졌을 때 그가 어떤 말들을 차근차근 꺼내놓을지, 이 책을 읽기 전에는 결코 알 수 없었다. 책은 음악과는 또 다른 힘으로 시간과 시간 사이를 잇는다.

파도 위에서, 사막의 바위 위에서, 인공 지능의 바다 위에서, 사람들의 하소연 속에서 장기하는 꾸준히 자신의 '작음'을 실감해온 듯하다. 그래서인지 조심히 말을 고른다. 언제든 틀릴 수 있고 변할 수 있으니까. 그는 지구의 무수한 생명체 중 하나다. 돼지나 대파 앞에서 으스댈 필요가 없다는 걸 아는, 작지만 변화무쌍한 한 사람.

저녁 내내 그와 함께 목적지 없이 산책한 뒤 헤어진 기분이다. 돌아선 장기하는 산뜻하게 초심을 잃고 간다. 처음의 마음 말고 다음의 마음을 향해 간다. 그가 다음의 마음으로 만들 노래를 나는 기다리고 있다.

사진: 류한경

녹취록 작성: 김도연

강말금 × 이슬아 × 김초희
2021.02.10.

강말금, 김초희 인터뷰

절망에게 바치는 유머

유명한 남자 감독이 죽으면서 시작되는 영화가 있다. 오직 그 감독의 수발을 들며 일했던 프로듀서는 갑자기 일이 없어져 버린다. 실직하여 유감스러운 그 여자의 이름은 찬실이다. 〈찬실이는 복도 많지〉라는 아이러니한 제목의 영화는 낙동강 오리알이 된 찬실이에 관한 이야기다. 작년에 본 한국 영화 중 가장 웃긴 작품이었다. 박수가 절로 나올 정도로 웃겼다. 너무 웃겨서 그 영화의 주연 배우와 감독을 만나러 갔다.

　이 인터뷰에서는 영화의 일부 내용이 언급되지만 감상을 방해할 만큼의 스포일러는 없다. 내용을 미리 알고 보더라도 재미와 감동이 떨어지지 않는 영화이기도 하다. 그래도 스포일러에 극도로 예민한 관객이 있다면 오늘의 인터뷰를 여기까지만 읽고 영화를 본 뒤 돌아와서 나중에 마저 읽는 것이 좋겠다. 하지만 꼭 그럴 필요는 없다고 권유드린다. 우리가 나눈 이야기는 엄밀히 말하면 영화 바깥의 이야기이기 때문이다.

〈찬실이는 복도 많지〉(이하 〈찬실이〉)는 김초희 감독의 첫 장편 영화다. 강말금 배우에게도 마찬가지다. 복이 있다가도 없고 없다가도 있는 삶을 살아온, 부산 출신의 1970년대생 여자 두 사람의 협업이다. 윤여정 배우, 김영민 배우, 윤승아 배우, 배유람 배우 등 멋진 조연들도 함께한다. 코로나 시대에 개봉했음에도 불구하고 온·오프라인의 관객들로부터 찐하게 사랑받았다. 부산국제영화제, 서울독립영화제, 백상예술대상, 한국영화평론가협회상 등에서도 다양한 수상을 했다. 심지어 바로 오늘인 2월 9일 저녁에 진행된 41회 청룡영화상에서도 신인여우상을 수상하며 넉넉히 상복을 받고 있다.

하지만 찬실이의 진짜 복은 그런 것이 아닐 것이다.

영화 속에서 찬실이가 중얼거리듯 불렀던 노래를 기억한다. 무려 100년 전 노래인 〈희망가〉였다.

"이 풍진 세상을 만났으니 너의 희망이 무엇이냐. 부귀와 영화를 누렸으면 희망이 족할까."

내게는 이 영화 자체가 한 편의 희망가로 느껴진다. 절망에게 유머를 바치며 계속해서 살아가는 이야기이기 때문이다. 좋은 유머 안에는 절망과 희망이 보기 좋게 배합되어 있다. 희망가의 가사처럼 찬실이가 "푸른 하늘 밝은 달 아래 곰곰이 생각"한 뒤 갖게 되는 삶의 태도는 애틋하고도 눈부시다.

영화를 보고 두 사람에 대한 각종 인터뷰를 찾아보며 생각했다. 김초희 감독 말고 또 누가 이런 시나리오를 쓸 수 있을까? 강말금 배우 말고 또 누가 이만큼 찬실이를 구현할 수 있을까? 대체 불가능하다. 두 사람의 굉장한 오리지널리티가 이 영화를 힘차게 끌고 간다.

그러나 찬실이는 강말금도 아니고 김초희도 아니다. 그들 두 사람 사이 어딘가에 찬실이가 있다. 그들은 찬실이를 두고 입을 모아 말했다.

"우리보다 걔가 낫다."

우리는 2021년 1월 21일 서울에서 만났다. 김초희, 이슬아, 강말금. 세 사람이 둘러앉았다. 서로 새해 복 많이 받으시라고 인사하며 대화를 시작했다. 김초희 감독과 강말금 배우는 서울 억양과 경상도 억양을 넘나들며 리드미컬하게 이야기를 전개했다.

이슬아   최근엔 어떤 복이 많으셨나요?

강말금   인복은 원래 있었고요. 요새는 일복이 많아요. 맡을 수 있는 역할도 늘고, 비중도 조금 높아졌죠.

이슬아   강말금 배우님께서는 10년간 연극배우로 활동하시다가 〈찬실이〉를 통해 처음으로 장편 영화 주인공이 되셨어요. 처음부터 강말금을 염두에 두고 쓴 시나리오가 아닌가 싶을 정도로 찰떡같이 어울리는 배역이라고 느꼈는데요. 캐스팅 과정을 김초희 감독님께 듣고 싶어요.

김초희   처음엔 염두에 두지 못했어요. 주인공을 경상도 사투리 쓰는 여자로 생각하지 않았거든요. 시나리오도 표준어로 썼고요. 다만 모르는 얼굴이 주인공으로 등장했으면 좋겠다고 생각했어요. 그래야 찬실이가 처한 상황을 리얼하게 보여줄 수 있으니까. 인지도는 낮지만 연기는 잘하는 배우를 찾던 차에 정동진 독립영화제에 갔어요. 제가 영화제를 막 싸돌아댕기는 편은 아닌데 정동진 영화제는 되게 좋아해요.

이슬아   저도 정말 좋아해서 친구들이랑 매년 가요. 정동 초등학교 운동장에서 돗자리 깔고 영화 보잖아요. 모기향 불 때면서.

김초희   맞아요. 영화제가 소박해. 권위가 없고 진입 장벽이 낮아요. 거기 갔다가 우연히 〈자유연기〉라는 단편 영화를 봤어요. 그 영화로 이분(강말금)을 알게 됐죠. 연기를 잘하는 것은 물론이거니와 어딘가 고생스러운 얼굴이 있더라고요. 근데 얼굴 안에 어떤 건강함도 언뜻 보였어요. 독박 육아에 시달리는 역할이었는데도 내면에 어느 정도의 건강함을 유지하고 있는 사람이라는 게 보이더라고요. 틀림없이 뭔가 더 있을 것 같았죠. 나중에 따로 만났어요. 종로 5가에서 같이 차를 마시는데 사람이 너무 우아한 거예요. 지금도 보세요. 속에 상스러운 게 없잖아. 그게 맘에 들었어요. 사투리를 잘 구사하는 사람이기도 했고요. 배우가 사투리를 잘 쓰면 관객들한테 약간 진입 장벽을 낮추거든요.

강말금   마음을 좀 빨리 열게 하는 게 있죠.

김초희 사투리 때문에 벽이 허물허져요. 강말금 배우님을 만난 뒤에 시나리오를 다 고쳤죠. 처음부터 사투리로 다시 썼어요.

강말금 이런 게 바로 저에게 온 복입니다. 복이 뭡니까. 럭키 아이겠습니까. 럭키라는 게 찾아 나선다고 찾아지는 건 아닌 것 같아요.

이슬아 감독님 말씀대로라면 강말금 배우님은 '얼굴에 고생이 있으면서도 건강하고 우아한 사람'인데요. 그 세 가지가 공존할 수 있다는 게 놀라워요. 실제로 뵌 배우님은 영화 속 찬실이랑은 또 다른 느낌이고요.

강말금 감독님과 저의 중간쯤에 찬실이가 있어요. 찬실은 감독님의 특징과 저의 특징이 섞인 새로운 인물일 거예요. 사실 더 명랑하게 연기했어야 하는 부분도 있다고 생각해요. 할머니(윤여정 배우)한테도 툭툭 대들고, 영이(배유람 배우)한테도 철없이 장난쳤더라면 좋았을 장면이요. 그렇게 못해서 아쉽기도 하죠.

김초희　이 사람 참 똑똑하다 아이가. 저도 그렇게 생각해요.

강말금　그 당시에 제가 본 감독님은 찬실이보다 더 고통의 얼굴이 있는 분이셨어요. 그런 면모를 제가 다 가져가려니까 쉽지가 않더라고요. 뛰놀면서 연기하기가 어려웠어요. 너무 진정성 있는 연기를 할라카니까…

김초희　너무 그럴라카니까 덜 코믹해진 부분도 있는 거지.

강말금　진정성도 있고 재미도 있어야 영화가 흥행한다 아입니까. 그게 참 어렵습니다.

이슬아　예술이 생계가 되는 경우는 흔치 않잖아요. 두 분께서도 따로 돈을 벌며 영화와 연극을 해오신 걸로 알고 있어요. 어떤 돈벌이를 겪어오셨나요?

강말금　서른 살이 되기까지 직장을 7년 정도 다녔어요. 총 세 개의 사무실에서 일해봤어요. 연극 시작하고 나서는 아르바이트 생활을 했고요. 마트에 제일 오래 다닌 것 같아요. 마트 행사 일을 많이 했죠. 아이스크림 매대 담당이라 추웠어요. 냉동칸에서 뭘 꺼낼 때마다 특히 춥고. 요즘은 많이 좋아졌지만 그때만 해도 마트가 복지가 안 좋았어요. 옷 갈아입는 곳도 형편없었어요. 그 사이에 교정 교열 알바도 하고, 바이럴 광고 알바도 하고, 연극반 교사 알바도 하고… 한번은 시급이 8,000원이라고 해서 술집에 알바를 하러 가기도 했는데, 술 따라주는 일이더라고요.

김초희 손님한테 술을 왜 따라줘? 지는 손이 없나?

강말금 감독님, 그게 핵심이 뭐냐면예. 손님과 대화를 하면서 손님이 마신 만큼 나도 같이 마셔야 돼. 그럼 매상이 올라가죠. 말하자면 토킹 바 같은 거예요. 제가 술을 좋아하긴 했지만 그렇게는 못 마시겠더라고요. 이거는 아이다 싶었어요. 생판 모르는 사람하고 얘기하면서 마시는 거는.

김초희 손님들이 개떡같이 말하던가요?

강말금   꼭 그렇지는 않고. 그냥 유부남들이었어요.

김초희   외로운 아들이네. 말이라도 섞어볼라카는.

강말금   왜 그 일을 하려고 했냐면 연극 공연이 보통 밤 10시에 끝나는데 술집 알바는 11시부터 새벽 2시까지니까 시간이 맞았거든요. 하루에 2만 4,000원을 더 벌 수 있잖아요. 집까지 걸어갈 수 있는 거리였고요. 당시 시급이 보통 4,000원이었는데 거긴 8,000원이었으니까 꽤 셌죠. 그래도 그렇게 돈을 벌지는 못하겠더라고요. 6시간 일하고 관뒀습니다.

김초희   잘했습니다.

김초희   저는 좀 별난 아빠를 뒀어요. 아빠가 나전칠기 장인이세요. 그럴싸해 보이지만 나전칠기는 완전 사양 사업이 된 지 오래라 아무도 안 사요. 근데도 아빠는 그 일을 죽을 때까지 해야 한다는 원칙이 있었어요. 아빠 고집 때문에 가정이 힘들었죠. 저 고등학교 때 아빠가 이렇게 말하는 거예요.

"졸업하고 나면 한 푼도 안 준다." 그러고선 정말로 한 푼을 안 주더라고요. 10원도 안 줬어요. 원망의 마음이 컸죠. '저럴 거면 뭣하러 자식을 싸질러놨노' 하고 원망했어요.

어쩔 수 없이 고등학교 때부터 찌라시 알바를 시작했죠. 졸업하고 나서는 비디오 가게에서 6년 반 정도 알바를 했고. 대학 다니면서도 전부 직접 벌어서 생활해야 했으니까 자주 휴학할 수밖에 없었어요. 돈 벌면서 다니려니 졸업이 늦어졌고요. 그다음엔 유학을 가고 싶어서 돈을 모으려고 알바를 하루에 세 개씩 했어요. 비디오 가게에서 퇴근하면 과외하고, 그다음엔 부산 진구에 있는 밀리오레 남성복 매장에서 옷 팔고… 쓰리잡 뛰며 2,000만 원을 모았어요. 그 돈으로 스물일곱 살에 프랑스 유학 갔어요. 영화 공부하려고. 프랑스 국립대는 학비가 싸니까.

이슬아 파리에서도 생활비를 직접 버셨을 텐데요. 어떤 일을 하셨나요?

김초희 파리에서 제일 먼저 한 알바는 베이비시터. 그리고 한일식품점 알바. 또 하나는 한글 학교 선생님 이었어요. 그 일을 하면서 특히 잘 벌었죠. 파리에 있는 주재원 집 아이들이나 국제결혼 자녀들에게 한글을 가르쳐주는 일이었어요. 프랑스에서 자라니까 한글을 아직 못 깨친 경우가 많았거든요. 매주 수요일마다 걔네들을 가르치는데, 보통 일주일에 한 번 만나가지고는 잘 안 늘어요. 근데 제가 인텐시브하게 가르쳐서 유명해졌어요. 소문도 돌았어요. '저 선생한테 애를 보내면 애가 한 달 만에 한글을 깨친다.'

일동   우와…!

김초희   '근데 애가 부산말을 한다.'

일동   (폭소)

김초희   그걸로 유명했죠.

이슬아   비결이 뭐였어요?

김초희   제 조동이가 야문 거죠. 애들이 말귀를 잘 알아듣게 설명하는 재주가 있는 것 같아요. 귀에 쏙쏙 박히게 말하는 리듬이라고 해야 하나. 제 말투에 그런 리듬이 있어요.

이슬아   지금도 정말 쏙쏙 잘 들려요. 〈찬실이〉의 대사 처럼요.

김초희   원래는 개그우먼이 되고 싶었어요. 솔직히 저보다 제 영화가 안 웃겨요. 그만큼 창작이 어려운 것이죠.

이슬아   영화 속에서 찬실이도 생활고에 시달리는데요. 후배가 돈을 빌려주겠다고 말해도 단칼에 거절하지요. "아니, 일해서 벌어야 된다." 그 단호한 대사에서, 생계를 독립적으로 책임져온 사람의 긍지가 느껴졌어요. 강단 있게 여러 일을 해온 감독님이라서 쓸 수 있는 대사인 듯해요.

김초희   아무래도 경제적으로는 일찍 독립했으니까요. 그런데 나이가 드니까 이런 생각이 들어요. 경제

적 독립만큼 중요한 게 정서적 독립이잖아요. 제가 정서적으로도 독립했다고 생각했는데 아니더라고요. 영화판에서 일하다가 실직하고 나서 인생이 한 번 바닥을 쳤어요. 늘 바닥이었기 때문에 더 이상 내려갈 곳이 없다고 생각했지만 바닥 밑에 반지하가 또 있더라고요. 거기 내려가 보니까 내가 정서적으로 얼마나 미숙하고 독립이 덜 되었는지 알겠는 거야.

그즈음 박완서 선생님을 인터뷰한 책 『박완서의 말』을 읽었어요. 선생님이 남편이랑 아들을 다 잃고서 이런 말씀을 하셨더라고요. 인간한테 가장 어려운 게 정서적인 독립이라는 걸 깨달았다고…. 그 말씀이 잊히지가 않아요. 책이라는 게 그렇게 반갑잖아요. 나도 비슷한 걸 생각하고 있었는데 그걸 언어로 야물딱지게 표현해놓은 걸 보면 귀감이 되잖아요. 그 책을 보고 다짐했죠. '정서적인 독립이야말로 반드시 살아생전에 해야 할 일이다.'

이슬아　반지하에 내려가서 본 김초희 감독님은 어떤 사람이던가요?

김초희 몰랐는데 굉장히 피곤하고 문제가 많은 사람이더라고요. 성격이 세기 때문에 본의 아니게 민폐를 많이 끼치며 살아왔던 것 같아요. 친구들이 나를 많이 봐줬다 싶었어요.

이슬아 실직하고 영화 다 관두고 반찬 가게 열려던 차에, 윤여정 배우님께서 신인분들께 사투리 가르치라며 감독님을 영화 현장으로 부르셨다고 들었어요. 현장에 다시 가보니 '역시 나는 여기 계속 있고 싶구나' 하는 걸 깨달으셨다고요.
저는 주로 혼자 일하니까 촬영 현장이라는 걸 잘 알지 못해요. 현장은 어떤 매력이 있는 곳인가요? 강말금 배우님께도 여쭙고 싶습니다.

강말금 영화 현장이랑 연극 현장은 아주 달라요. 연극에서는 공연 직전에 조용한 시간을 가질 수 있어요. 완전히 암전되기도 하고 종이 울리기도 하죠. 그 순간이 참 좋아요. 마음을 전혀 다른 세계로 가지고 갈 수 있는 환경이거든요. 그런데 영화나 드라마 촬영장은 정말 정신이 없어요. 현장이 아무리 정신없어도 슛 들어가면 거기서 그냥 바로 연기를 해야 돼요. 적응하는 데 몇 년이 걸렸어요.

연극에서의 현장은 연습실과 극장이에요. 거기에선 현장의 주인이 배우와 연출이죠. 반면 영화 현장에서는 스태프분들이 주인인 것 같아요. 거기에 늘 계시니까요. 배우들은 출연 회차에 따라 드문드문 가기도 하거든요. 그래서 매번 새롭게 적응하는 느낌이에요. 너무 많은 사람을 한꺼번에 만나기도 하고요. 그래서 드라마나 영화 촬영장은 아직 저에게 긴장을 주는 곳이고, 반드시 수행해야 하는 과제가 있는 곳으로 여겨져요. 그걸 잘 이겨내려고 노력하고 있어요.

며칠 전엔 배두나 씨를 만나서 같이 연기를 했는데요. 제가 원래 두나 씨를 되게 좋아해요. 그분은 항상 주인공이셨고, 연기도 워낙 주인같이 하시잖아요. 현장에서도 주인처럼 관계를 맺으세요. 모든 사람을 반갑게 맞이하고 마음을 내어주시죠. 언젠가 저도 그런 품을 가져야 하지 않겠나, 생각을 해요.

김초희 그러려면 건강해야 돼.

강말금 맞아예. 내한테 힘이 없으면 남한테 뭘 주겠습니까.

이슬아 주인의 마음이라는 말을 계속 생각하게 되네요. 〈찬실이〉 현장에서는 확실한 주인공이셨으니까 그때 주인의 마음을 터득하셨을 수도 있겠어요.

강말금 연극 현장에서 조연을 맡았을 땐 남들 뒷담화를 하기도 했어요. 물론 사이좋게 지낼 때도 있었지만 맨날 연습하고 붙어있다 보면 왜 마음이 꼬일 때도 있다 아입니까. "쟈 와 저러는데? 내가 와 저거를 보고 있어야 되는데? 내 같으면 저래 안 한다." 하고 욕을 하기도 했어요. 긍까는 제가 모지랬던 거죠. 주인공을 맡은 사람 처지는 또 다르지 않겠습니까. 제가 모르는 부담도 있었을 테고요.
〈찬실이〉를 하며 주인공이 되고 현장이 내 꺼가 되니까 절대로 욕이 안 나오더라고요. 모두 내 편인데 어떻게 욕을 합니까. 하나라도 편을 들어주고 내일 더 나아지게 하고 싶은 마음이 드니까 뒷담화 같은 건 저절로 안 하게 돼요. 예전부터 주

인공들은 그래왔더라고요. '주인공의 그릇이라는
게 자리 때문에 만들어지는 거구나' 주인공을 해
보고 나서야 알았지요.

김초희   좋네예.

강말금   좋지예.

이슬아   배우님은 유년기에 어떤 아이였지요? 주인공과
는 거리가 먼 아이였나요?

강말금   네. 겁이 많고 내성적이었어요. 반에서 친구가 딱
한 명뿐인 그런 아이요. 시력이 나빠서 국민학교
3학년부터 안경을 썼는데 그 이전의 기억은 잘
없어요. 책을 많이 읽었어요. 혼자 잘 있었고요.
그늘이 있는 아이였던 것 같네요. 집에 돈이 없어
서 학원은 안 다녔어요. 아빠 일이 잘 안 풀리니
까 엄마가 술안주 장사를 하셨어요. 육회, 곱창,
돼지갈비, 고래 고기 같은 걸 파셨는데 음식 솜씨
는 좋으셨지만 장사 수완은 없으셨죠. 부산의 대
신동이라는 동네였어요.

이슬아　부산에서 태어나고 자라셨지요. 배우님께 부산은
어떤 곳인가요?

강말금　좋은 사람들이 많지만 좀 보수적인 곳이라고 느
껴요. 새로운 걸 하기 힘든 곳이지요. 저 역시도
옛날에는 새로운 시도를 하는 사람들을 지지하지
않는 편이었고… 연극이나 문학을 부산에서 만
났으니 소중한 곳이기도 하지만, 만약 모험을 하
고 싶은 사람이 부산에 있다면 갑갑할 거라고 생
각해요. 부산이라고 일반화하기는 조금 조심스러
운데, 적어도 제가 부산에서 속했던 사회들은 그
랬던 것 같아요. 우리 가족도 보수적인 편이었고
요. 저는 삼십 대 때 고향을 떠나 모험을 많이 해
서 좋았어요.

이슬아　저는 막 서른이 되었는데요. 서른 살의 강말금 배
우님은 어디에서 무얼 하고 계셨을지 궁금해요.

강말금　퇴직을 앞두고 있었어요. 근데 이슬아 작가님은
너무 의젓한 느낌이 들어요. 조직 생활을 안 하셔
서 그런가.

이슬아   보통은 조직 생활을 해야 의젓해진다는 말이 더
흔한데, 반대로 말씀하시네요.

강말금   저는 조직 생활을 해와서 오히려 더 늦게 의젓해
진 것 같거든요. 초등학교 때 제 사진을 보면 되
게 의젓해요. 근데 중1 때는 왠지 애기가 되어있
어요. 중3 때는 다시 의젓해져요. 그러다가 이제
다 큰 고3 학생이 대학교에 입학하면 또 새내기
라고 장기 자랑을 시켜요. 몇 살 많지도 않은 사
람들이 막 귀여워하고요. 조직에는 그런 패턴들
이 있어요. 상대적으로 어린 사람이 대충 애교 부
리며 넘어갈 수 있는 부분도 있고요. 그런 식으로
조직을 옮겨 다니며 이십 대를 보내서 오랫동안
애기처럼 산 것 같아요.

이슬아   무슨 말씀이신지 알겠어요. 생각해보면 저는 이
십 대 초반부터 프리랜서로 독립했으니까 일찍
부터 주인처럼 일했네요. 제가 저의 대표니까요.
그러면서 체화된 의젓한 태도도 분명 있겠네요.
〈찬실이〉 촬영 중 유독 여러 번 다시 찍었던 장면
은 무엇인가요?

김초희   "그래도 지구는 돈다"라고 말하며 걷는 장면이었어요. 걷는 연기가 쉬운 것 같지만 굉장히 까다로워요. 연기를 오래 한 배우들은 걸음걸이만으로도 캐릭터를 바꿀 줄 알아요. 그러기가 쉽지 않죠. 평소의 본인 걸음걸이가 있잖아요. 그걸 버리고 찬실이처럼 걸어야 하니까 참 어려운 거예요. 무의식부터 다르게 움직이기 때문에 걷는 모양도 달라져요.

강말금   저는 자신이 없으면 바로 얼굴이 찡그려지거든요. 그럼 감독님이 말씀하세요. "배우님, 너무 몬생겼습니다. 얼굴 찡그리지 마세요." 그 지적질이 얼마나 소중했는지 몰라요. 모니터를 보면 지적받고 나서 확 달라져요.

김초희   시간이 없으니까 감독은 빨리빨리 정확하게 시정해야 돼요. 이 사람이 마음에 내상을 안 입는 정도에 한해서 직설적으로 얘기하죠. 상황을 다 봐줄 새는 없어요. 현장에서는 원하는 말을 확실히 해야 하죠. 안 그러면 영화가 산으로 가요. 글은 나중에 퇴고라도 할 수 있지만 영화는 촬영하는 순간에 원하는 걸 다 건지지 않으면 고스란히 다 문제가 된단 말이에요.

이슬아　게다가 모든 스태프들을 다시 그 자리에 그 시간에 모을 수도 없잖아요. 고도의 협업이니까요.

김초희　그래서 미안한 게 중요한 게 아니에요. 잘 찍는 게 더 중요해요. 감독의 어려움이죠.

이슬아　어떤 장면을 가장 아끼세요?

김초희　영화의 마지막 부분에 찬실이가 달밤에 걷는 장면이 있어요.

이슬아　찬실이 후배들이랑 같이 걷는 장면이지요? "먼저 가라. 내가 비춰줄게" 말하고는 랜턴을 비춰주며 뒤따라 걷잖아요.

김초희　네. 그때 찬실이가 달빛 아래에 잠깐 멈춰서 이렇게 말해요. "우리가 믿고 싶은 것. 하고 싶은 것. 보고 싶은 것." 그 말을 할 때의 이 사람 얼굴 있잖아요. 저는 그 얼굴이 제일 좋아요. 그 얼굴 때문에 이 사람을 캐스팅한 것 같아요. 예쁘고 안 예쁘고의 문제가 아니에요. 이 배우만이 해낼 수 있는 기운 같은 거겠죠. 그 맑은 느낌. 그 단단한 느낌. 그거 하나 믿고 왔는데 정말 건졌구나 싶어서 가장 좋아하는 장면이에요. 배우님도 자기도 모르게 된 걸 거예요. 무슨 계획을 세워서 이런 얼굴이 된 것도 아니고.

강말금 그 장면을 촬영할 당시엔 겨울밤이라 그저 추웠습니다. 정말 추웠어요.(웃음)

이슬아 그 장면은 제가 이 영화에서 두 번째로 좋아하는 장면이에요. 첫 번째로 좋아하는 장면은 할머니(윤여정 배우)께서 자신이 쓴 시를 읽는 장면이지요.
"사람도, 꽃처럼 돌아오면은, 얼마나, 좋겠습니까."
이 영화를 세 번 보았는데 세 번 다 그 장면에서 넘어져서 울게 돼요. 〈찬실이〉는 할머니들의 아름다움이 곳곳에 스며있는 작품인데요. 감독님의 삶에는 어떤 할머니가 있었는지 궁금합니다.

김초희 어릴 때 부모님이 이혼하셔서 새엄마 들어오기 전까지 할머니가 저를 키우셨어요. 그래서 할머니에 대한 각별함이 있어요. 저희 할머니는 오랫동안 일본에서 오래 계시다 오신 분이라 한국말을 잘 못 하셨어요. 한글을 읽고 쓰는 데 서투르셨죠. 찬실이 하숙집 할머니(윤여정 배우)처럼요. 이 영화를 찍을 때쯤엔 저희 할머니가 치매 때문에 저를 못 알아보게 되셨어요. 영화 속 김영(배유람 배우)의 할머니처럼요.

그러니까 〈찬실이〉에 등장하는 할머니들은 사실 하나의 할머니예요. 하나의 할머니를 찢어서 배분한 거죠. 그 모든 할머니들의 오리지널인 실제 저희 할머니는 고생만 하다가 돌아가셨는데 지혜가 참 많으신 분이셨어요. 좋을 게 하나도 없는 듯한 삶인데도 꿋꿋하게 잘 살다가 돌아가신 것 같아요. 고난이 많다고 해서 행복하지 않은 건 아니거든요.

옛날 어른들 살아오신 얘길 들어보면 정말로 여자들이 좋을 게 하나도 없어요. 지금 시대의 여자

들도 부당한 것에 맞서서 한창 싸우고 있지만, 그 옛날 할머니들은 진짜 어떻게 저러고 살았나 싶을 정도예요. 여자한테는 거의 암흑기 같은 시절이었죠. 교육을 제대로 못 받는 건 물론이고 남녀겸상도 못 하던 시절이잖아요. 말도 안 되는 일이 너무 많은 삶을 겪었는데도, 할머니들은 손주들한테 아낌없이 퍼줘요. 지혜가 없으면 그렇게 할 수가 없어요.

"이상하게 할머니들한테는
가슴이 너무 아파서 안 까먹고는 못 사는
그런 세월이 있는 것 같아요. 안 그러고선
어떻게 저렇게 웃을 수 있나 싶어요."
"할머니들은 다 알아요. 사는 게 뭔지.
날씨가 궂은 날에도 맑은 날에도."
— 〈찬실이는 복도 많지〉 중에서

김초희　할머니들은 늙어서도 배워요. 할아버지들보다 더 잘 배우죠. 할배들이 늙어서 글 배웠다는 소리 들어봤어요? 할배들은 웬만해선 할매들처럼 무리 지어서 한글을 배우지 않아요. 남성 중심의 경

쟁 사회에 길들여져 있기 때문에 자신의 부족함
과 미성숙함을 드러내는 건 꿈도 못 꿔요. 그 틀
을 잘 못 깨요. 그와 달리 할매들은 잘 내려놓잖
아요. 모여서 잘 배우고 잘 해 먹고 되게 잘 살아
요. 근데 할배들은 보통 술 마시고 담배 피우다가
죽죠.

고난 속에서도 지혜를 구하고 실천하는 할머니들
이 세상에는 많아요. 교육받고 책도 읽었으면 더
좋았겠지만 그럴 수 없었어요. 그런데도 잘 살아
온 걸 보면, 고난 속의 경험이 인간에게 가져다주
는 지혜가 어마어마한 거예요. 그런 생각들을 시
나리오 쓰면서 했어요. 우리 할머니가 이제 곧 죽
고 없을 테니까.

이슬아 찬실이 다음으로 찬란했던 사람은, 찬실이의 하
숙집 할머니(윤여정 배우)가 아니었나 싶어요.
왜 콩나물만 다듬으셔도 그렇게 찬란하신 건지!
윤여정 배우님께서 한글 공부를 연기하시는 장
면도 참 인상적이에요. 저희 할머니도 어렸을 때
한글을 못 배우셔서 나중에 따로 수도학원이라
는 곳에 다니며 공부하셨는데요. 느지막이 한글

을 읽는 할머니들 특유의 억양이 있어요. 자신없고 조심스러운 속도로, 더듬더듬 앞으로 나아가며 글자를 읽으시죠. 윤여정 배우님 입으로 그 말투를 들으니까 새롭더라고요. 어딘가에 정말 그런 할머니가 살고 있을 것 같다고 믿게 되고요.

김초희　사실 윤여정 선생님의 평소 이미지를 생각하면 한글을 모른다는 건 상상하기가 어렵죠. 하지만 영화를 보다 보면 정말 글을 모르는 할머니 같은 인물에 빠져들게 되죠. 선생님이 대본을 외우시는 모습을 제가 다 목도하지는 못했지만, 아마도 열심히 그 인물을 연구하셨을 거라고 생각해요. 글을 읽고 쓰지 못하는 할머니들은 어떤 식으로 연기를 하는지 당연히 공부하셨을 거예요. 할머니들은 할머니들만의 말투가 있잖아요. 제가 써드린 대사의 끝, 어미만 조금 다르게 해서 더 할머니처럼 만드시는 경우도 있었어요.

이슬아　강말금 배우님은 윤여정 배우님과 함께 연기하는 게 어떠셨나요?

강말금 저한테는 너무 큰 분이었어요. 만나본 상대 배역 중 가장 큰 분이어서 그걸 극복하는 게 과제였죠. 윤여정 선생님만의 큰 그릇이 있어요. 현장에서 연기 지적을 한 번도 안 하세요. 제가 잘해서 안 하신 게 아니죠. 선생님이 지적하시면 제가 얼마나 위축될지 아니까 일절 안 하신 거예요. 선생님께선 연기 마스터이신데도 말을 아끼시더라고요. 그런 부분에서 우아함을 느꼈어요.

한번은 제가 선생님 옆에서 우는 연기를 했어야 하는데 아무리 해도 눈물이 안 나오는 거예요. 지금 생각해보면 너무 잘 울고 싶은 장면이라 그랬던 것 같아요. 너무 잘 울고 싶은 나머지 한 방울도 못 울겠더라고요. 제 안에 청개구리가 있는지… 배우가 욕심이 지나치면 안 된다는 걸 그때 배웠죠.

김초희 정말 중요한 장면이라 저도 속이 타들어 갔어요. 촬영 분량을 소화하지 못하면 진짜 큰일이거든요. 지푸라기라도 붙잡는 심정으로 무속인 친구한테 전화를 걸었어요. '지금 우리 배우가 눈물을 흘려야 하는데 못 울고 있다. 죽겠다. 시간이 없다. 30분 안에 울게 기도 좀 해줘라' 부탁했죠.

강말금 못 울수록 현장에서 긴장되잖아요. 스태프들도 고생하고요. 그때도 윤여정 선생님께서는 항상 배우 편이세요.

김초희 "야! 배우가! 눈물이 한번 마르면! 얼마나 힘든지 알아?" 하고 배우 편을 드시더라고요.

강말금 윤여정 선생님과 저희 엄마가 연세가 같으세요. 저희 엄마는 다리가 안 좋아서 잘 못 걸으시거든요. 근데 독립 영화 현장이라는 게 편한 의자가 있다거나 대기실이 아늑하다거나 전혀 그런 상황이 아니잖아요. 그래서 윤여정 선생님께 늘 마음이 쓰였어요. 저 때문에 괜히 한 테이크 더 갈까 봐 걱정도 많이 되었고요. 다 끝나고 나서는 더 시원하게 연기하지 못했다는 아쉬움이 있었지만… 뭐 어쩌겠어요. 그 당시 제가 할 수 있는 최선이었겠죠.

김초희 감독은 원하는 그림을 만드는 사람이고 배우는 그걸 몸으로 해내는 사람이잖아요. 저는 연기하는 사람이 아니니까 배우들의 심리 상태를 다 알지 못해요. 윤여정 선생님께서는 그걸 너무 잘 알고 계신 분이고요. 상대 배우가 자신보다 경험치가 떨어지는 걸 아셔도 고유한 영역을 절대 건드리지 않는 거죠.

선생님 옆에 있으면서 귀동냥을 했어요. 연기라는 게 어떤 건지에 대해서요. 선생님이 말씀하시길, 배우가 둘이 있을 때 둘 중 한 명이 연기를 잘하면 못하는 사람도 잘하는 사람을 따라가게 되어있대요. 믿음이 있으셨던 거예요. 자신이 상대역을 충실히 해내면 강말금도 따라올 거라는.

이슬아   참 신기해요. 배우는 정말 특이한 직업이에요.

김초희   그렇죠. 어떤 법칙이 있는 것도 아니고, 촬영 현장마다 주어지는 과제도 다르고. 어쨌든 자기 몸을 쓰는 직업이잖아요. 몸을 쓴다는 게 단순히 운동하고 몸매를 만들고 장거리 달리기를 하고 그런 게 아니라… 연기를 안 하는 동안 겪어온 것들, 그러니까 배우가 살아왔던 모든 시간들이 맡은 배역과 섞여서 폭발하는 거거든요. 그게 카메라 앞에서 물질화되는 과정인 거예요.

이슬아 내가 쓴 대사를 배우가 더 잘 이해하고 있다는 느낌을 받은 적도 있으세요?

김초희 대사는 배우와 감독 중간쯤 어디에서 새롭게 만들어지는 것 같아요. 감독의 페르소나를 연기하는 인물은 감독도 아니고 배우도 아니에요. 중간의 무엇이에요.

강말금 찬실이가 우리보다 낫지요.

김초희 맞아요. 우리보다 나아요.

이슬아 찬실이는 걷다 말고 멈춰서 모과나무를 바라보던데요. 왜일까요?

김초희 원래는 감나무를 바라보게 하려고 했어요. 감나무 마을에 내려가서 감 따는 알바를 하는 설정이었든요. 찬실이 이름이 빛날 찬(燦)에 열매 실

(實)이에요. 그래서 과실나무가 이 영화에서 되게 중요한 역할을 하는 오브제인데…

이슬아 영화 촬영 시기와 감 수확기가 어긋났군요.

김초희 그렇게 됐어요. 겨울에 찍으려니 감이 다 떨어졌더라고요. 서울에 그나마 남아있는 과실나무가 모과였어요.

강말금 부산에서는 못생긴 얼굴을 보고 '모과같이 생겼다'고 말해요. "으이구, 이 모괴야!" 이런 식으로.

김초희 모과를 모괴라고도 말하거든요. 그렇다고 찬실이가 막 몬생긴 얼굴은 아니지만…

강말금 찬실이는 확실히 안 섹시하지예.

김초희 안 섹시하지. 섹시함 제로지예.

이슬아 나름의 관능미가 있지 않나요?

강말금   관능예?

김초희   글쎄예. 제가 볼 땐 없는 것 같아요.

강말금   제가 봤을 때도 없어요.

김초희   그러고 보니 〈찬실이〉에는 섹시한 사람이 하나도 없네요. 다들 귀엽긴 하지만… 아마 저의 마음이 다 투영된 게 아닐까. 제 무의식에 그런 게 있나 봐요. '굳이 너거들 좋자고 내가 섹시할 필요는 없다. 기분 나쁘다.'

강말금   너거가 누군데요.

김초희   남자 전체 다요.

이슬아   〈찬실이〉 속 남자들은 묘하게 맹하고 조신해요. 바보 같고요. 좀 귀엽긴 해서 밉지는 않은데, 김초희 감독님의 단편 영화인 〈산나물 처녀〉 속 남자들도 비슷하죠. 맹하고 바보 같고…

김초희   제가 요즘 새로운 시나리오를 또 쓰고 있는데요. 거기서는 남자들이 더 바보같이 나오더라고요. 저도 몰랐어요. 이렇게 제 마음을 발견하는 거죠. 남자가 나보다 낫다고 생각해본 적이 한 번도 없는 거예요.

이삼십 대 때의 저는 남자를 무능하게 만드는 버릇이 있었어요. 멀쩡한 남자들도 저랑 연애를 하면 헤어질 때쯤 아무것도 못하는 바보가 되어있죠. 남자 스스로 할 줄 아는 게 거의 없는 상태로 만드는 거예요. 그런 제 자신이 너무 지긋지긋해서 지금 이 꼬라지로 사는 겁니다. 연애를 하면 그렇게 되는 걸 아니까요.

이슬아   시나리오에 무능하고 조신한 남자들이 등장하는 건 그래서군요.

김초희   조신해야지. 손에 물 한 방울 안 묻히게 했으니 말이라도 잘 들어야지예.

강말금   남자들은 귀여운 맛이 있지예. 단순함 때문에 생기는 귀여움예.

김초희   그런데 사실 사람이라는 것 자체가 복잡하고 어려운 존재라서… 복잡한 인간들은 복잡한 대로 문제가 있고 단순하면 단순한 대로 문제가 있잖아요. 어렸을 땐 수줍어하는 남자를 좋아했어요. 저처럼 캐릭터가 센 여자들은 수줍은 남자들이 나를 더 진심으로 좋아할 거라고 착각해요. 하지만 결코 그렇지 않죠. 오히려 그 수줍음 때문에 여자가 뭔가 더 해야 돼요.

강말금   손이 많이 간다?

김초희   손이 많이 가죠. 난 진짜로 이제는 그렇게까지 해주고 싶지 않은 거야. 그러니까 이렇게 살겠죠. 〈찬실이〉에 나오는 김영(배유람 배우) 캐릭터 정도면 사실 괜찮은 남자예요. 그 정도 남자도 흔치 않죠. 찬실이랑 연애로 잘 되지는 않지만 적어도 김영은 어장 관리는 안 하잖아요. 그런 면이 마음에 들어. 원하는 바를 확실히 얘기해주는 남자가 좋아요. 남자들이 그렇게 정직하고 정중할 수만 있다면 저는 백 번 차여도 상관없거든요. 차이는 게 뭐 그렇게 어렵습니까?

강말금   차이면 쪽팔리지예.

김초희   금방 이자묵습니다.

이슬아   김영처럼 젠틀하게 차는 사람도 별로 없어요.

김초희   김영은 판타지 인물입니다. 실제 남자들은 그렇게 안 해요.

이슬아   딱히 멋진 남자도 아닌데 그것조차 판타지라니 너무 슬프다.

일동   (폭소)

이슬아   한편 아주 훌륭한 대사가 장국영(김영민 배우)의 입에서 나오기도 해요. "남자랑 왜 꼭 사귀어야 하나", "몽땅 다 가지고 싶은 마음만 버리면 좋은 친구가 될 수 있다"라고. 제가 참 좋아하는 말인 데요. 감독님께서는 찬실이에게 없는 지혜를 이 렇게 남자 배역에게 주기도 하시네요.

김초희　죽은 남자한테는 줘요.(웃음) 사실 현실에선 남자를 친구로 얻기가 점점 더 힘들더라고요. 제 또래 남자들은 대부분 결혼했는데 결혼한 사람들이랑 친구 하는 게 편하지가 않아요. 결혼한 사람의 배우자도 이 친구 관계를 받아들일 수 있어야 하는데 그게 잘 안 되죠. 결혼이라는 문화 속으로 들어가면 그렇게 되어버리는 게 있어요. 저는 누군가의 부인을 신경 쓰이게 하고 싶지 않은 거예요. 별로 멋있지도 않은 남자랑 친구로 몇 번 만난 것 가지고 오해받고 싶지도 않고요. 그래서 남자 사람 친구를 사귀기가 참 어려워요.

사실 유부남이든 아니든 간에 남자랑 정말로 친구가 될 수 있다면 얼마나 좋겠습니까? 그게 왜 어렵냐면 결국 섹스가 가능하다는 기대 때문이거든요. 섹스가 자극적이잖아요. 우주와 우주가 만나는 길이니깐요. 그 자극에 사로잡히면 홀가분한 친구가 되기가 쉽지 않죠. 근데 성적 욕망은 나이 들수록 점점 더 떨어져서 편해요.

이슬아　그 시기를 고대하고 있어요.

김초희 편하고 자유로워지죠. 확실히 이삼십 대 때랑은 다르지 않습니까.

강말금 사십 대는 진짜 편합니다.

김초희 편해요. 폐경이 되면 또 얼마나 더 편하겠습니까.

이슬아 섹스가 우정을 방해한다고 하셨지요? 제가 선호하는 방법은 상대가 조금 마음에 들면 일단 자보고, 잤는데 미친 듯이 좋으면 사귀고, 그 정도까지는 아니면 친구가 되는 거예요. 본격적인 연애가 시작되고 나서 섹스가 너무 안 맞는다는 걸 알게 될 경우에 서로 유감스럽잖아요. 그러기 전에 먼저 체크해보면 괜한 기대나 환상을 품을 일도 없죠. 헛된 데이트를 할 필요도 없고요. 한번 자고 나서 사귀거나 안 사귀면 그런 장점이 있는 것 같아요.

김초희 아주 좋습니다. 이게 우리가 가야 될 길입니다.

일동 (폭소)

김초희   아니 유럽에서는 많이들 그렇게 하고 있어요. 자고 나서 사귀든지 말든지 하죠. 우리는 그런 걸 상상할 수 없던 시절에 자란 것 같아요. 몸을 함부로 놀리면 안 된다는 이상한 관념이 있었고, 섹스를 많이 하면 '걸레'라는 좆도 아닌 표현도 있었으니까. 무의식적으로도 거기에 강요당하지 않았겠습니까. 제일 좋은 방법은 관심이 있으면 자보고 시작하든지 말든지 하는 거네요. 이게 우리가 가야 할 길입니다.

강말금   너무 좋네요. 왠지 그동안 쓸데없이 소모한 것 같네.

김초희   혼자서 괜히 정신적인 갈등만 많이 했어.

이슬아   그래서 장국영의 대사가 좋았나봐요. 남자랑 왜 꼭 사귀어야 하냐는 질문이요.

김초희   우리에겐 또 새로운 희망이 있어요. 폐경기가 있다 아입니까.

강말금 예. 저도 다가오고 있다 안 합니까. 지금 마흔네 살이니까 생리를 한 지 거의 30년 째예요. 30년 동안 임신을 할 수가 있었던 거죠. 이제 그 시기가 끝나가고요.

김초희 빨리 폐경이 왔으면 좋겠다는 생각을 몇 년 전부터 수시로 했어요. 그런 이상한 말 있지 않았습니까. 생리를 해야 여자라고. 그게 아니죠. 폐경과 동시에 새로운 인생에 또 진입하는 거잖아. 더 자유로운 개체 아입니까. 그래서 기다리고 있어요. 얼마나 편할까.
근데 참 그 성욕이라는 것도 있으면 좋긴 한데 너무 세면…

강말금 너무 세면 고통이죠.

김초희 그럼 속궁합만 좋아도 그냥 가는 거 아입니까.

이슬아 갔다가 후회하기도 하고요.

김초희 내가 뭘 원하는지 직접 경험해보며 알아가는 수

밖에 없거든요. 〈찬실이〉도 계속 그 질문을 하지요. 내가 진짜 원하는 게 뭔지.

이슬아   영화 안에서 찬실이는 한창 방황 중이에요. 어떤 점에선 감독님보다 늦된 인물이죠.

김초희   맞아요. 저를 찬실이라고 생각하는 사람들도 많던데요. 이건 허구잖아요. '뭘 몰랐다가 바닥에 떨어져보니 이렇더라'라는 걸 깨닫는 캐릭터로서 찬실이를 만든 거니까.

이슬아   감독님이 이야기를 픽션화하는 방식이 흥미로워요. 힘도 별로 안 주시고 돈도 별로 안 들이시잖아요. 이를테면 장국영이랑 하나도 안 닮은 남자(김영민 배우)한테 흰색 메리야스랑 빤스만 입힌 뒤에 장국영이라고 하는 거예요. 그냥 그게 장국영이래요. 장국영이라는 캐릭터가 그렇게 뚝딱 만들어져. 〈산나물 처녀〉에서는 남자한테 사슴 머리띠 하나 씌워놓고 사슴이라고 부르고요.

강말금   시치미죠.

김초희 제 영화엔 특별한 미학은 없고 그냥 시치미가 많아요. 논리적으로는 말도 안 되더라도 그냥 그렇게 해요.

이슬아 시치미학이라고 이름 붙이면 될 것 같아요. 저는 찬실이가 겨울날에 '희망가'를 부르는 장면을 좋아해요. 강말금 배우님께서는 이 장면에서 전혀 열창하지 않으셨지요. 거의 안 부르듯이, 가까이 다가가야만 들릴 듯이 노래를 읊조리셨어요.

강말금 자기 자신한테 불러주는 노래니까요. 스스로에게는 그 노래가 크게 들릴 수 있겠지요.

이슬아 원래 좋아하던 노래였나요?

강말금 한스러운 노래 같아서 원래는 안 좋아했어요. 제가 어둡고 가라앉는 기질이 있으니까 본능적으로 밝은 쪽을 좋아했던 것 같아요. 근데 그것도 지난 일이고, 이제 그렇지는 않습니다. 〈찬실이〉에서 〈희망가〉를 부르고 연주한 건 제가 건반으로 칠 수 있는 몇 곡 중에서 저작권에 걸리지 않을 만큼 오래된 노래였기 때문이었어요.

김초희　들자마자 이 영화와 딱 어울린다고 생각했죠.

이슬아　"부귀와 영화를 누렸으면 희망이 족할까"라는 가사가 있는데요. 두 분께 부귀영화란 무얼까요.

김초희　저는 부귀영화를 정신승리로 누리고 있는 사람이에요. 일단 자식이 없어서 너무 좋아요. 무자식상팔자잖아요. 가끔은 제가 언제 행복한지를 한번 써봐요. 써보면 그렇게 대단한 게 안 필요해요. 제가 굉장히 단순하다는 걸 알게 돼요.

이슬아　언제 행복하다고 쓰셨어요?

김초희　산책할 때. 산책하면서 자연을 보는 시간 있잖아요. 행복을 가만히 떠올려보면 자기만의 루틴 안에서 가능하거든요. 일상의 좋은 루틴 속에서 그때그때 행복이 채워져야 해요. 없어져도 금방 채울 수 있는 종류의 행복이면 좋아요. 우리도 어쨌거나 자연의 일부 아입니까. 걸으면서 제가 보고 듣고 느끼는 게 너무 좋지요.

근데 돈의 압박이 있으면 좋은 것도 잘 안 들어오잖아요. 그래서 한 달에 딱 300만 원 벌면 그야말로 부귀영화일 것 같아요. 월 300만 원이면 남한테 비굴해지지 않고 산책할 수 있죠. 물론 크게 베풀지도 못하겠지만.

강말금 저한테 부귀영화는 일단 출퇴근하지 않는 것.

김초희 맞아, 나도. 내가 그거 안 하고 싶어서 이 직업을 하고 있다고 해도 과언이 아니에요. 돈 많이 못 벌어도 되고 집도 안 사도 되는데 출근만은 죽어도 싫은 거예요. 그걸 고등학교 때부터 알았어요. 정해진 시간에 맞춰서 다 같이 등교하잖아요. 교실 문을 열면 쉰여덟 명의 학생들이 닭장의 닭들처럼 빽빽하게 앉아있어요.

강말금 쉰여덟 명이나 있었습니까?

김초희 그랬습니다. 저는 확실히 그때 우울증이 왔던 것 같아요. 하염없이 눈물을 흘렸어요. 너무 지옥이

라고 느꼈거든요. 애들이 저를 또라이라고 생각
했어요. 문만 열면 우니까⋯ 제가 이런 걸 정말
못 견디는 사람이란 걸 진작부터 알았죠.

강말금   저는 요즘 개인 시간이 좀 생겨서 좋아요. 집 바
로 옆에 산도 있고요. 나이 들수록 점점 산책하고
계절의 변화를 느끼는 게 좋더라고요. 새싹이 돋
아 나오더니 어느 날 꽃봉오리가 올라오고, 그게
또 바로 피지 않습니다. 며칠 동안 모가지만 이렇
게 올라오고⋯

김초희   너무 이쁘지 않습니까?

강말금   경이롭습니다.

김초희   근데 아무리 풀이나 꽃이 이뻐도 사진을 찍어서
올리지는 마이소. 그게 늙었다는 증거랍니다. 젊
은 아들한테 팽 당한답니다. 마음에만 담아야지
찍어서 올리면 안 됩니다.

강말금   알겠어예.

"그 영화 봤었는데, 조금 지루하더라고요. 아무 일도 안 일어나잖아요."

"뭐가 아무 일도 안 일어나요? (…) 본래 별 게 아닌 게 제일 소중한 거예요.

오즈 야스지로 감독님이 그런 걸 영화에 다 담으셨잖아요.

그런 보석 같은 게 영화에 다 나오잖아요. 영이 씨 눈에는 그게 안 보여요?"

"보여요. 그래도 전… 크리스토퍼 놀란 좋아해요."

"놀란!? 하… 그런 영화 좋아하는구나…"

— 영화 〈찬실이는 복도 많지〉 중에서

이슬아　저는 오즈 야스지로도 좋아하고 크리스토퍼 놀란도 좋아하는 관객으로서 묻습니다. 두 분께 크리스토퍼 놀란이란?

김초희　놀란은 천재죠. 그런데 모든 천재가 나하고 맞는 건 아니에요. 영화를 잘 만드는 감독이긴 하지만 내가 좋아하긴 좀 힘들죠.

강말금　예전에 〈인셉션〉을 영화관에서 보고 밖에 나와서 이렇게 중얼거렸어요. "아이고야, 고되라… 너무 고되다… 뭔 얘기를 할라고 이렇게까지 난리인가…"(웃음) 그게 놀란 감독과의 마지막 만남입니다. 지금의 제 인생에는 크게 도움이 안 되는 것 같아요. 저는 아침에 힘을 내서 일어나게 하는 작품들을 좋아해요.

이슬아 저에게 〈찬실이〉도 그런 작품 중 하나랍니다. 김초희 감독님께서는 한 감독님의 프로듀서로 오랫동안 일하신 뒤에 감독이 되셨다고 알고 있어요.

김초희 네. 프로듀서로 일할 때보다 지금이 훨씬 좋은 것 같아요. 프로듀서 시절은 온통 신념의 시간이었다고 얘기하고 싶네요. 스물세 살 때 감독이 되고 싶어서 이 길을 선택했는데, 당시엔 뭔가 숭고하고 의미 있어야 한다는 신념이 강했어요. 그런 신념을 가진 사람은 영화판의 함정에 빠지기도 좋은 것 같아요. 스태프들은 꼭 필요한 존재들이지만 영화는 결국 감독의 것이 되죠. 예술 영화는 더더욱 그렇고요. 보이지 않는 그림자로 일해도 내 일이 충분한 가치가 있다는 신념이 삼십 대의

저를 지배했어요. 남들이 알아주지 않아도 내가 중요한 뭔가를 하고 있다고 생각했죠.

하지만 실직하고 나서 보니, 내 청춘이 딱 한 번뿐인데 행복을 유보하면서 너무 많은 시간을 흘려보내 버렸더라고요. 망했다는 느낌이 들었어요. 망했다는 건 내가 아주 굳게 믿었던 뭔가가 박살나는 경험이에요. 어떤 신념에 매달리느라 나의 행복과 너무 멀리 떨어져 있었어요. 더는 그렇게 살기 싫더라고요. 삶은 그냥 삶 자체로 충분하다는 걸 이제는 알아요.

이슬아 찬실이가 남에게도 묻고 자신에게도 묻죠. 영화 안 하고도 살 수 있냐고. 두 분은 어떠신가요?

김초희 살 수 있어요. 우짜겠습니까. 영화를 몬 해도 살아야죠.

강말금 배우 안 하면 몬 산다고 생각한 시절도 있었어요. 지금은 그렇지 않아요. 안 한다고 죽겠습니까.

김초희 하지만 영화를 안 하면 덜 행복하겠지요. 영화를 안 해도 글은 쓸 것 같아요. 글쓰기는 자본주의 사회에서 독립적으로 정신승리할 수 있는 유일한 방법이에요. 창작을 하지 않으면 허무해질 수밖에 없어요. 글쓰기는 돈 없는 사람도 할 수 있는 창작이죠. 여유롭지 않은 사람이 허무해지지 않으려면 글을 써야 한다고 생각해요. 글쓰기가 있는 한 영화를 안 하고도 살 수 있을 것 같습니다. 글쓰기랑 영화는 참 달라요. 글은 혼자만의 시간인데 영화는 촬영에 들어가면 오만 사람을 만나면서 힘들어져요. 사람을 상대한다는 게 피곤한 일이잖아요. 글을 쓰는 동안에는 자기를 잊어버리고 완전히 몰입하니까 시간이 후딱후딱 가요. 그렇게 〈찬실이〉 각본도 썼고요.

영화가 개봉되고 나서 끊임없이 평가를 들었어요. 그런데 이상하게도 평가받을수록 더 갈증이 나더라고요. 평가를 받아서 해소되기는커녕, 받아도 받아도 또 새로운 평가에 목마르게 되고 일종의 피드백 중독 같았어요. 얼마나 끝이 없는 열망인지 몰라요. 그렇게 살면 허무하겠더라고요. 피드백에 매달리며 창작을 할 수는 없잖아요. 남들이 나랑 내 작품을 어떻게 평가하는지 안 보기로 했어요. 피곤하니까.

시상식도 안 가기로 했어요. 가면 허하더라고요. 내가 즈그들 보고 상 달라고 했어요? 즈그들 맘대로 누구를 올리고 떨어뜨리고 생지랄이더라고. 평가받는 것을 관두면 엄청난 쾌감이 있어요. 남들이 당연히 하는 걸 한번 안 해보는 쾌감도 엄청나요. 안 해본 사람은 알아요.

이슬아 감독님의 부귀영화에는 시상식이 전혀 포함되지 않는군요.

김초희 그럼요. 전혀 포함되지 않죠. 남들 평가에 좌지우지되지 않는 나만의 고유한 자유로움이 있으니까. 스스로 자빽하면서 얼마나 행복하겠어요.

이슬아 그래도 저는 시상식에서 강말금 배우님 얼굴을 자주 보니까 참 좋더라고요. 배우님은 시상식이 어떠셨어요?

강말금 막상 가려니 준비할 게 상당히 많았어요. 미리 드레스 고르고 숍에 들르고… 걸음걸이나 태에 자신이 없는데 레드 카펫을 걸어야 하는 것, 카메라에 무차별적으로 노출되는 것, 그런 게 저한텐 큰 스트레스였어요. 상을 받지는 못하겠지 싶으면서도 공중파 생방송이니까 1초라도 헛되이 쓰면 안 된다는 생각에 고마운 사람들 이름을 외워서 갔죠.

상은 참 고마운 거더라고요. 받을 땐 몰랐는데 받은 이후에 서서히 달라지는 걸 느꼈어요. 역할도 커지고 다양해졌고요. 하지만 상과 거리를 두려고 늘 노력해요. 능력은 여전한데 어떤 운이 맞아떨어진 거니까요. 더더욱 〈찬실이〉는 영화가 좋아서 수상한 것이기도 하고요.

김초희 즐기세요.

강말금 충분히 즐겼습니다. 근데 참 신기하데요. 영화하고 시상식은 멀리 떨어져 있어요. 촬영 시기와 개봉 시기만 해도 1년의 텀이 있고 거기서 시상식은 또 1년의 텀이 있어요. 그사이 저는 〈찬실이〉로부터 계속 멀어지면서 저의 길을 또 가고 있고요.

김초희 이상한 것 같아요. 어차피 영화는 옛날에 다 찍어 놓은 거 아입니까. 영화가 바뀌진 않아요. 근데 상을 타면 사람들 시선이 바뀌잖아요. 절대적 진실은 없는 거예요. 인간의 마음이 참 간사하고 요망해서 수상 내역에 이리저리 휘둘려요.

사실 영화랑 시상식은 너무 많이 달라요. 영화 현장은 빡세고 치열한데 시상식엔 레드 카펫 깔아 놓고 드레스 입고 걷고 서서 사진 찍고… 좀 이상해요. 멀리 떨어져서 보면 마치, 제가 인디언 마을에 와있는 것 같아요. 우리 눈에는 인디언들의 제의식이 낯설고 생경해 보이지 않습니까. 귀 뚫고 코 뚫고 자신들만의 상징적인 뭔가를 하고 불을 피우고… '즈그들끼리 뭐하노.' 이런 생각이 절로 들잖아요. 제 눈엔 시상식이 가끔 그렇게 보여요. 특히 드레스 뻗쳐 입고 왔다 갔다 하는 걸 볼 때마다 인간은 너무 이상하다 싶어요.

저에게 부귀영화는 다른 게 아니고, 그냥 마음에 거슬림이 없는 상태예요. 사람들은 마음에 거슬림이 없을 때 보통 자각하지 못하거든요. 그런데 저처럼 예민하고 마음에 부침이 많은 사람에겐 그런 순간이 굉장히 찰나예요. 아주 희귀해요.

그래서 자각할 수 있어요. 그 순간이 얼마나 좋은지.

이슬아   이제 마지막 질문이에요. 영화 〈찬실이〉의 마지막 대사를 그대로 돌려드릴까 해요. "내가 하고 싶은 것. 믿고 싶은 것. 보고 싶은 것." 두 분에게 이 세 가지는 무엇인가요?

강말금   하고 싶은 것만 확실하네요. 엄마랑 언니랑 더 가까이 살 수 있도록 집 두 개를 얻고 싶어요. 그리고… 저의 그릇이 커졌으면 좋겠습니다.

김초희   하고 싶은 것. 믿고 싶은 것. 보고 싶은 것… 저한테는 그 세 가지가 같아요. 거시적으로 보면 세상. 미시적으로 보면 영화.

이슬아   세상과 영화…

김초희   각본 잘 쓰고 잘 촬영해서 관객들에게 새 영화를 보여주고 싶다는 소망은 계속될 것 같아요. 말처럼 쉽지는 않지만요. 쉽지 않을 때마다 프리다 칼

로를 떠올려요. 그 여자만큼 삶을 맞짱 뜨듯이 살았던 사람도 없는 것 같아요. 두려움이 생길 때마다 그 여자를 생각하면서 말하죠. '고통이여 와봐라, 내가 너거들을 다 상대해준다.' 삶에는 맞짱 뜰 일이 항상 생기니까요.

이슬처럼 내리는 겨울비를 함께 맞고서 우리는 헤어졌다.

〈찬실이〉는 인생의 궂은 날씨에 다시 꺼내 보고 싶은 영화다. 전혀 화창하지 않은, 일이 잘 풀리지 않는, 마음이 배배 꼬인 그런 날에도 〈찬실이〉는 농담하는 능력을 나에게 되돌려준다.

자기 자신으로부터 한두 발짝 벗어날 수 있는 사람만이 스스로에 대한 농담을 지어낸다. 세상 속에 있다가도 잠깐 세상 바깥의 눈을 가질 수 있는 사람만이 세상에 대한 농담을 지어낸다. 농담이란 결국 거리를 두는 능력이다. 절망의 품에 안기는 대신 근처를 거닐며 그것의 옆모습과 뒷꽁무니를 보는 능력이다.

절망 곁에서 훌륭한 유머 감각을 발휘하는 순간 내 얘기는 남 얘기가 된다. 나를 남처럼 바라볼 때 얻는 어마어마한 자유를 당신도 알 것이다. 그 자유는 영화가 해내는 일이기도 하다. 농담을 좋아하는 사람들이 영화를 만든다는 생각이 문득 든다.

〈찬실이〉 또한 한 편의 농담이다. 우리의 인터뷰에 찬실이는 없었다. 찬실이를 탄생시킨 감독과 찬실이를 온몸으로 구현한 배우를 만났어도 그건 찬실이와의 만남이 아니다. 찬실이는 영화로 물질화되어 그 안에 살고 있다. 감독과 배우 두 사람이 살아온 시간이 카메라 앞에서 재미나게 폭발한 결과다. 그 폭발의 찰나를 영화는 간직한다.

〈희망가〉의 가사처럼 찬실이는 "세상만사 춘몽 중에 또다시 꿈 같"다. 영화를 통해 우리는 꿈속의 꿈을 꾼다. 꿈에서 깨면 전에 없던 농담의 능력이 우리 안에 생겨난 뒤다. 영화가 선물한 유머 감각을 가슴 한 켠에 두고 새 아침을 맞이한다.

사진: 황예지

녹취록 작성: 양다솔

오혁 × 이슬아

2021.05.25.

멋과 미에 대하여

오혁과 만나기로 약속한 뒤부터 자기 전마다 며칠이 남아
있는지 세보곤 했다. 왜 그렇게 기다렸냐고 묻는다면 멋과
미 때문이라고 대답할 수밖에. 멋지고 아름다운 것을 하
는 사람 앞에서 나는 언제나 탐구자의 마음이 된다. 그런
사람의 내면을 살짝이라도 들여다볼 수 있다면 좋을 것이
었다.

오혁은 1993년에 태어나 살아가고 있는 사람이다.
2014년 첫 앨범을 발표하며 데뷔했다. 밴드 혁오의 리더
이자 기타리스트이자 보컬이며 거의 모든 곡을 직접 작사,
작곡한다. 밴드로서나 개인으로서나 독보적인 행보를 이
어온 작업자다. 그의 노래를 들으면 마음이 긁히는 느낌이

든다. 긁히면서 행복할 수도 있다는 걸 알게 된다. 그가 만든 것 중 별로인 음악을 찾기란 어렵다. 좋은 음악과 너무 좋은 음악만이 있을 뿐이다. 이토록 실패 없이 탁월한 음악을 만들게 되기까지 어떤 시간을 거쳤을까. 그가 통과한 풍경들은 무엇일까. 그를 사로잡은 소리와 문장은 어디에서 왔을까. 누구와 어떻게 협업하고 완성할까.

오혁을 만나러 간다고 말하자 사람들은 실패한 인터뷰가 될지도 모른다며 걱정했다. 그는 말이 없는 것으로 전 국민에게 알려져 있다. 어쩌다 입을 열어도 짧고 건조한 대답만을 내뱉는다. 뛰어난 예능 MC들도 그와의 토크에는 번번이 실패해왔다. 방송에서 제대로 드러난 적이 한번도 없지만 나는 늘 그가 달변일 것이라고 짐작해왔다. 분명, 영민한 이야기가 그에게서 잔뜩 쏟아질 거라고 예상했다. 기다리기만 한다면 말이다.

기다릴 준비를 단단히 하고선 오혁을 만나러 갔다. 조금 긴장한 두 사람이 마주 앉았다.

이슬아 반갑습니다. 잘 지내셨나요? 저는 이 만남을 너무 많이 상상한 나머지 꿈에서 인터뷰를 이미 몇 번 했는데요. 오혁 님도 상상해 보셨을지 궁금합니다.

오혁 한 번 정도 시뮬레이션해봤어요. 최대한 긴장을 안 하려고… 심리적 준비를 하고 왔습니다.

이슬아 긴장하지 않으셨으면 해서 저랑 눈높이가 비슷한 의자에 앉혀드리려고 했는데… 본의 아니게 제 의자가 훨씬 높네요. 혹시 심리적으로 위축되신다면 자리를 바꾸도록 합시다.

오혁 아직은 괜찮은 것 같아요.

이슬아 제가 위협적으로 느껴지지는 않고요?

오혁 (웃음) 네. 괜찮습니다.

이슬아 잘 주무시며 지내시는지 궁금했어요.

오혁   보통 잠을 잘 자는 편이 아닌데요. 작년부터 일찍 자고 일찍 일어나려고 노력하고 있어요. 그러다 보니 수면 패턴이 괜찮아지는 것 같더라고요. 원래는 패턴이랄 게 없었는데 좋은 습관을 들이고 싶었어요.

이슬아   왜 그러고 싶었나요?

오혁   우선은 스케줄이 많이 없어졌어요. 원래 투어 일정이 길게 잡혀 있었는데 코로나로 다 취소가 됐어요. 1년짜리 스케줄이 통으로 비었으니까… 이런 시간을 좀 양질로 쓰고 싶다고 생각해서 루틴을 가지게 됐어요.

이슬아   데뷔 이후 가장 스케줄이 널널한 시기가 아닐까 싶어요.

오혁   맞아요. 이렇게 안 바빴던 적이 없었던 것 같아요.

이슬아   안 바쁠 때 불안해하는 편인가요?

오혁 불안하죠. 불안한데, 작년의 불안과 올해의 불안은 종류가 좀 달라요. 작년엔 정말 어떻게 될지 몰라서 감당하기 어려운 불안함이었다면 지금은 어느 정도 도움이 되는 불안으로 바뀐 것 같아요.

이슬아 유명해질 거란 걸 알고 있었을 거라고 생각해요. 이런 속도와 경로로 유명해질 줄은 몰랐을 테지만요.

오혁 이런 식으로 될 줄은 몰랐죠. 그런데 뭔가 마음에 믿는 구석이 항상 있었던 것 같아요. 하고 싶은 것이 늘 있었고 일을 밀고 나갈 정도의 믿음은 있었어요.

이슬아 할 일과 안 할 일을 어떻게 구분하고 결정하세요?

오혁 정말 케이스 바이 케이스인데, 고민을 오래 하는 편이에요. 주어진 시간 내에 최대한 오래 해서… 최대한 많은 가짓수로 시뮬레이션을 미리 해보고 적합할지 안 적합할지 판단하고… 이런 식의 접근이에요.

이슬아 수락보다 거절을 훨씬 많이 하시겠어요.

오혁 이런 식으로 고민하다 보면 아무래도 그렇게 되
는 것 같아요.

이슬아 인터뷰 전에 주고받은 문자에서도 뭐든 신중히
결정한다는 느낌을 받았어요. 말투도 엄청나게
진중하고…

오혁 사실 제가 원래 그런 스타일로 문자를 하지는 않
는데… 작가님이시니까 왠지 너무 짧게 보내면
안 될 것 같아서…

이슬아 짧게 보내셨던데요?

오혁 그게… 원래는 더 짧게 해가지고…

이슬아 아…

오혁　자랑은 아니지만 연락을 잘 안 하는 편이에요. 어쩌다 하게 되어도 본론 위주로만 짧게 전달해요. 밀도 있는 작업에 집중할 때 핸드폰이 너무 방해되는 것 같아요. 그래서 어느 순간부터는 카톡을 이메일처럼 쓰고 있어요.

이슬아　이번 봄에 가장 집중한 프로젝트는 밴드 혁오의 온라인 월드 투어 공연이었을 듯해요. 경주 삼릉 숲에서 찍은 라이브 무대를 웹으로 송출하는 방식이었죠. 코로나 이전의 공연과 아주 다른 느낌이었을 텐데요.

오혁　그랬죠. 선호도를 따지자면 당연히 오프라인 공연이 너무 그리워요. 하지만 장단점이 확실히 있었어요. 준비하는 입장에서 온라인이 굉장히 수월하긴 해요. 현장이랄 게 딱히 없으니까 변수가 다양하지 않고 공연도 저희끼리 다 해결하면 돼서요.

이슬아　관객의 소리가 안 들린다는 건 장점이자 단점이겠지요? 예측할 수 없는 변수이고 방해 요소지만 그 모든 소리가 엄청 힘이 되지 않나요?

오혁   맞아요. 결국 그게 다 에너지로 이어지죠.

이슬아   오프라인 무대에서는 객석을 적당히만 신경 쓰면
서 공연하는 편이었나요?

오혁   적당히 라는 게 참 어려워서… 제가 측면을 보며
공연하거든요.

이슬아   공연 영상 속에서 늘 시선이 대각선이더라고요.
객석을 살짝 비스듬히 보는.

오혁   그게 되게 좋아요. 관객을 딱 절반 정도만 응시할
수 있고 나머지 절반은 저희 팀한테 집중할 수 있
어요.

이슬아   그래서 늘 그 측면을 보고 계셨던 거군요. 혁오
밴드의 다른 멤버들은 어떻게 지내고 계신지 궁
금하네요.

오혁　　드럼 치는 인우는 이사 준비를 하고 있어요. 베이
　　　　스 치는 동건이는 군입대 2주차고요. 기타 치는
　　　　현재는 저랑 비슷한 시기에 하이파이 오디오 세
　　　　계에 빠져서 열심히 음악을 듣는 중이에요.

이슬아　세계라고 할 수 있을 정도로 하이파이 오디오가
　　　　굉장한가요?

오혁　　세계더라고요. 문을 여니까 한도 끝도 없고. 그래
　　　　서 계속 공부하고 있어요. 진짜 재밌긴 해요. 사
　　　　람이 들을 수 있는 주파수 음역에서 가장 좋은 소
　　　　리를 구현해주는 장비들을 하이파이 오디오라고
　　　　지칭하는데요. 같은 노래도 하이파이 오디오로
　　　　들으면 너무 달라요. 음악의 서사 같은 것이 눈에
　　　　보이는 것처럼 되어서 정말 기분이 좋아요.

이슬아　그걸로 자신의 노래도 들어보셨어요?

오혁　　네. 제 노래는 그렇게 즐기면서 들을 수 없었어
　　　　요. 들으면 아쉬운 부분들이 자꾸 떠올라요.

이슬아 아쉬운 부분이 항상 있나요?

오혁 네. 항상 있어요. 주어진 환경 안에서 베스트를 하려고 했지만 그래도 아쉬운 게 늘 있죠.

이슬아 혁오의 새 앨범이 나올 때마다 생각했어요. 지난번의 성취에 갇히고 싶지 않은 팀이구나. 같은 방식으로 잘하려고 하지 않는구나.

오혁 감사합니다… (꾸벅)

이슬아 저도요… (꾸벅)

오혁 창작자마다 중요하게 여기는 가치가 다르잖아요. 제가 중요하게 여기는 가치는 늘 새로움에 있는 것 같아요. 그냥 좋은 것 말고 새로움이 반영된 좋은 것이어야 한다고 생각해요. 그래서 새로운 환경에 저를 노출시키기도 하고…

이슬아 어떻게 노출시키세요?

오혁   이를테면 오늘 인터뷰도 저한테는 되게 새로운 시도예요.

이슬아   언젠가 그런 이야기를 하셨죠. 음악이랑 미술은 따로 갈 수 없는 것 같다고. 저는 음악이랑 문학이 닿아 있는 부분도 넓지 않나 싶어요. 혁오의 가사에도 문학적인 문장이 많고요. 작가들로부터 사랑받는 노래도 많죠. 다른 인터뷰에서 '한국말로 가사 쓰는 게 익숙하지 않다'라고 말씀하신 게 의외였어요.

오혁   네, 아직도 익숙하지 않아요. 사실 가사를 잘 쓴다고 생각해본 적이 없거든요. 그래서… 감사해요. 가사는 정말로 노력을 했어요. 적어도 음악의 다른 부분에 비해 떨어지면 안 되잖아요.

이슬아   노래를 발표한 다음 음원 차트 순위를 신경 쓰시나요? 저는 책을 낸 뒤 한동안 인터넷 서점 순위를 자주 살피는데요. 오혁 님도 앨범 발매 이후에 조금 전전긍긍하시는지 궁금했어요.

오혁   차트를 딱 한 번 신경 써봤어요. 세 번째 앨범 《23》 만들 때. 그전에는 멜론이 뭔지도 잘 모르고 차트라는 개념도 잘 몰랐어요. 2015년에 두 번째 앨범 《22》를 내고 대중적인 인지도를 얻게 되면서 차트라는 게 돈을 의미한다는 걸 그제야 알게 됐어요. 부담이 좀 생겼던 것 같아요. 차트에서 1등을 한 번은 해야 한다는 그런 부담. 그래서 1년 넘게 신경을 쓰다가 막상 《23》 앨범을 내고 나서는 홀가분하더라고요. 홀가분해져야 한다고 생각했고요. 아예 회사에도 얘기해놓았어요. 차트에 있어서 나는 내 할 바를 다 한 것 같다고. 신경 쓰지 않겠다고. 이제는 차트 순위를 안 본 지 오래됐어요.

이슬아   그럼 차트 말고 어떤 성취가 욕심나세요?

오혁   차트에 관심이 없어진 대신 다른 욕심들이 좀 생겼어요. 저희는 원래부터 해외에서 성취를 이루고 싶었던 팀이니까, 도전해보고 싶었던 해외 시장에 더 집중을 할 수 있었죠.

이슬아 다양한 국적의 팬들이 계시잖아요. 해외 투어를 다닐 수도 있을 만큼.

오혁 네. 감사하게도… 아마 제가 중국에서 살다온 배경도 영향이 있을 것 같아요.

이슬아 혁오의 유튜브에는 해외 팬들이 남긴 댓글도 많던데요. 차트를 신경 쓰지 않듯 댓글도 신경 안 쓰시나요?

오혁 보면 신경을 쓸 수밖에 없잖아요. 그래서 안 봐요. 안 보려고 노력을 많이 해요.

이슬아 하지만 오혁 영상에 달린 댓글 중 제가 정말 많이 웃은 게 하나 있는데…

오혁 뭔데요?

이슬아 '세상에서 가장 감미로운 여진족'

오혁 (웃음 터짐)

이슬아　다른 것도 있어요. '키위치고는 잘 부르네'

오혁　(또 터짐) 아⋯

이슬아　둘 다 안 보셨군요.

오혁　네, 몰랐어요. 그 정도면 양호하네요. 제가 머리를 가운데만 붙이고 다녔던 적이 있는데 그때 여진족 얘기를 좀 들었어요.

이슬아　그 머리 떼면 다시 키위처럼 빡빡이 두피로 돌아오잖아요. 그나저나 요즘 목 상태는 어떠신가요.

오혁　한창 투어를 할 때에는 좋은 목 상태를 유지하는 게 불가능했어요. 충분히 휴식할 시간이 없으니까. 그런데 아까 말씀드렸듯 요즘엔 시간이 생겨서 목이 너무 좋은 상태예요.

이슬아　목이 안 아프시다니 제 마음도 좋습니다. 오혁에게 삑사리란 뭔가요?

오혁   삑사리요… (웃음) 사실 심리적인 요인이 큰 것
같아요. 보통은 연습을 안 해서 삑사리가 난다고
생각하거든요. 혹은 목 상태가 안 좋아서라고. 그
런데 제 경우에는 심리적인 요인이 제일 커요. 긴
장하면 순간적으로 위축이 되면서 몸이 확 경직
되니까… 조금만 힘이 들어가도 음 이탈하기 좋
은 상태가 돼요. 원리는 그렇고요… (웃음) 제가
〈유희열의 스케치북〉 같은 방송에 출연하면 노래
할 때는 긴장을 덜 하는데, 토크할 때는 마이크
쥔 손이 이렇게 덜덜 떨려요. 뭐라고 해야 할 지
도 모르겠고…

이슬아   여기저기 출연을 많이 하셔서 이제 긴장이 안 될
때도 되지 않았나요?

오혁   방송을 한창 하던 시기에는 적응이 됐던 것도 같
은데, 안 하다 보면 또 다 까먹고 원상 복귀되더
라고요. 성격이 원래 그런 것 같아요.

이슬아   성격 형성 과정이 궁금하니 옛날얘기를 해보면
좋겠어요. 태어난 지 얼마 안 돼서 중국으로 이민

을 가셨지요? 연길, 심양, 북경. 이 세 가지 장소에서 자랐는데 각각 어떤 장소였나요? 무슨 풍경을 보며 자라셨는지 궁금해요.

오혁 당시엔 몰랐지만 한국과는 정말 다른 풍경이었어요. 우선 셋 다 동부 쪽에 있는 도시였고요. 연길은 러시아 근처라 엄청 추웠어요. 겨울엔 영하 40도까지 내려갔고… 거기에서 생후 5개월부터 10살 무렵까지 살았어요.

이슬아 엄청 추운 지방의 어린이였네요.

오혁 네, 패딩 두 겹 입은… (웃음) 그러다 아버지 사업 때문에 조금 밑에 있는 지역으로 이사 갔는데 거기가 심양이었어요. 한국으로 치면 대전 같은 도시예요. 심양에 있는 중국 초등학교로 전학을 갔어요.

이슬아 중국 초등학교면 한국인이 별로 없었겠어요.

오혁 한국인뿐 아니라 외국인이 아예 없었어요.

이슬아 매우 특수한 환경이었네요. 혼자 타지인이라는 것이요.

오혁 전교생이 8천 명일 정도로 엄청나게 큰 학교였거든요. 저는 그때 앞머리 몇 가닥에 노란색 브릿지를 한 상태였어요.

이슬아 아니 그건, 2000년대 초에 한국의 초등학교에서 유행하던 스타일인데 어떻게 알고 따라 했어요?

오혁 중국에서도 한국의 문화를 간접적으로 조금씩은 접하고 있었어요. 한인 커뮤니티나 교회를 가면 한국에서 요즘 유행하는 스타일을 하고 있는 애들이 꼭 있었거든요.

이슬아 그래서 브릿지 염색을 했군요. 심양의 중국 초등학생 아이들이 보기에 그 모습이 튀었을까요?

오혁 어쩔 수 없이 튀었던 것 같아요. 학교 가면 애들이 교실 밖에서도 저를 구경하고 있었어요. 아마도 그전까지 외국인을 본 적이 없었나 봐요. '한국인은 원래 머리가 여기만 노랗다'는 얘기를 하기도 했고요.

이슬아 그런데 중국인과 한국인의 생김새가 엄청나게 다르진 않잖아요. 당시 아이들은 어떻게 오혁이 외국인이라는 걸 알게 되었나요?

오혁 일단 제가 전학 온다는 공고가 학교에 나가기도 했고… 음… 그러게요. 왜 그랬을까. 어떻게 알고 다 구경하러 왔을까요? 사실 외모적으로 엄청 튀진 않았을 텐데 초등학생들이 할 게 없다 보니 소문이 빨리 퍼졌을 수도… 잘 모르겠네요.

이슬아 그런 식으로 주목 받는 게 괜찮았나요? 안 괜찮았을 것 같아요.

오혁 안 괜찮았죠. 정말 힘든 시기를 겪었어요.

이슬아 굉장히 이방인이었을 텐데요. 이때 유소년 배드민턴 선수로 활동하지 않으셨어요?

오혁 맞아요. 심양에서 짧게 쳤어요. 배드민턴을 친 이
유도 제가 뭔가 그들이랑 경쟁을 해서 이길 수 있
는 게 하나도 없는 거예요. 근데 배드민턴은 다들
체구가 작으니까 제가 특별히 불리하지 않은 종
목이었어요. 재능이랄 게 없고 노력만 하면 이길
수 있을 것 같았어요. 그리고 제가 다니던 초등학
교가 배드민턴 명문이었어요. 심양이란 도시는
국가대표 배드민턴 선수들을 배출하는 곳이거든
요. 초등학생 가르치는 코치들도 다 국가대표들
이었고요. 그런 특수한 상황 때문에 대회도 나가
게 되고…

이슬아 당시 전국 대회에서 무려 3등을 하셨다면서요.
그렇게 잘했는데 왜 계속 치지 않았나요?

오혁 일단 전학을 베이징으로 가게 되면서 자연스럽게
그만두게 됐어요. 그리고 중학생이 되어보니까
이게 그렇게 멋진 스포츠가 아니라는 걸 알게 되
어가지고… (웃음)

이슬아 (웃음)

오혁　　보통 부모님들이 하시는 스포츠잖아요.

이슬아　테니스랑도 좀 느낌이 달라요. 만화책 중에서도 『테니스의 왕자』는 있지만 『배드민턴의 왕자』는 없단 말이에요.

오혁　　맞아요.

이슬아　아무튼 울분에 차서 배드민턴을 치는 초등학생이 었네요.

오혁　　네, 울분의 배드민턴…

이슬아　심양에서 배드민턴을 치며 3년 살고, 베이징으로 이사 가셨는데요. 베이징은 굉장히 큰 도시죠?

오혁　　굉장히 큰 도시죠. 도시 면적만 해도 한국의 3분의 2 정도 되고 인구도 거의 3천만이니까… 연길에서도 오래 살았지만 아무래도 다 성장해서 지냈던 곳이 베이징이라, 베이징에서의 시간이 제일 기억에 많이 남아 있는 것 같아요.

이슬아   그때도 말수가 적은 청소년이었나요?

오혁   지금 되게 많아진 거예요. 원래는 정말 말이 없었어요. 청소년기 때도 에너제틱한 순간은 크게 없었고 친구도 적었어요. 심각한 수준으로 소극적이어서… 같은 반 친구랑 어쩌다 엘리베이터에서 만나도 제가 인사를 못 했어요. 고개 푹 숙이고…

이슬아   쑥스러워서요? 고개까지 숙일 일인가…

오혁   눈 안 마주치려고…

이슬아   "안녕" 한마디가 그렇게 어려웠군요.

오혁   네. 그런데 어쩌다가 캄보디아로 봉사활동을 한 번 갔었는데 제가 봉사활동을 하러 가서도 낯을 가렸어요. 사람들한테 뭘 나눠줘야 하는데 그것마저 못 주고 있고… 그러니까 거기 계신 선생님이 말씀하시더라고요. "언제 다시 볼 수 있을지도 모르는데 뭘 그렇게 체면 차리냐"고… 별 얘기는 아닌데 그게 와 닿아서 그때부터 노력을 좀 했던 것 같아요.

이슬아 이 시기에 노래를 배우기 시작하셨지요?

오혁 네. 중학교 2, 3학년 때 한 번은 돌잔치에 갔어요. 친구의 부모님이 늦둥이를 낳으셨거든요. 당시 저는 교회에서 성가대를 하고 있었어요. 타의로… (웃음) 성가대에서 바이올린 담당이었는데 어느 날 친구 부모님이 저한테 축가를 불러달라고 부탁하셨어요. 아마 아는 애니까 싸게 하려고 부르신 것 같아요. 알겠다고 하고 돌잔치에 갔죠. 거기엔 피아노 연주를 담당하는 어떤 여자 분이 계셨어요. 제가 축가 부르는 걸 보시더니 그분이 끝나고 잠깐 남아보래요.

이슬아 그래서 남았어요?

오혁 네. 잔치가 다 끝나고 사람들도 간 다음에… 사과 한 박스 들고 남았죠.

이슬아 사과는 갑자기 어디서 났어요?

오혁　　친구 부모님이 수고했다고…

이슬아　그게 축가 값이었어요?

오혁　　네. (웃음) 사과 박스를 피아노 위에 올려놓고 기
　　　　다렸는데 그분이 와서는 몇 곡 더 불러보래요. 그
　　　　래서 몇 곡 더 불렀어요. 노래를 하느냐고 물어보
　　　　시더라고요. 딱히 안 한다고 대답했더니 자기한
　　　　테 배우고 싶으면 한 번 오래요. 그러고서는 명함
　　　　을 주셨어요. 명함에는 '보컬 트레이너'라고 적혀
　　　　있었는데, 그때 보컬 트레이너라는 단어를 처음
　　　　봤어요.

이슬아　그런 직업이 있는 줄 몰랐군요.

오혁　　네. 이런 사람도 있구나 싶었어요. 연락을 드리
　　　　고 찾아뵀어요. 음악에 대해서는 부모님이 반대
　　　　가 너무너무 심하셔서… 선생님한테 말씀드렸죠.
　　　　노래를 배우고 싶은데 돈이 없다, 돈을 못 낸다…
　　　　그랬더니 선생님이 "그럼 그냥 와라" 하셨어요.

이슬아　멋지네요.

오혁　되게 멋진 분이세요. 제 첫 번째 멘토 선생님이었어요. 그분 덕분에 처음으로 음악을 시작해볼까 하는 생각도 해봤고, 정말 많은 걸 배웠어요. 제가 가면 어떤 노래를 정해주시고 말씀하세요. "이거 오늘 안에 300번 불러." 이러고 그냥 가세요. 그럼 저는 300번을 부르는 거고… 선생님은 제가 다 불렀는지 안 불렀는지 체크도 안 해요. 그다음에 또 다른 노래 정해서 300번 부르라고 하고. 이런 스타일이셨어요.

이슬아　시키는 대로 다 했나요?

오혁　다 했던 것 같아요.

이슬아　그때 300번씩 부른 노래는 어떤 곡들이에요?

오혁　처음 배울 때에는 R&B, 소울, 블루스 같은 것들을 먼저 했어요. 레이 찰스라든지, 스티비 원더라든지, 흑인 음악들을 많이 불렀어요.

이슬아 말수가 적고 소극적인 와중에 많은 노래를 부르며 자랐네요.

오혁 중국에 있을 때는 하고 싶은 걸 거의 할 수가 없었고, 시도해보고 싶은 것도 다 못했기 때문에 그냥 뭔가를 계속 참고 기다렸던 느낌이에요.

이슬아 참고 기다린다…

오혁 두고 보자, 라고 해야 하나…

이슬아 두고 보자…!

오혁 언젠가 하고 싶은 거 다 해야지, 하면서 계속 때를 기다린 것 같아요.

이슬아 스무 살 때 한국에서 대학생이 되었지요? 예술학과에 진학하신 것으로 알고 있습니다.

오혁 네. 서울로 넘어오면서 에너제틱하게 살았어요.

이슬아   과 대표였다는 게 사실인가요.

오혁   (웃음) 맞습니다.

이슬아   루머인 줄 알았습니다.

오혁   자의로 과대가 된 건 아니었지만… 하긴 했었어요. 선배가 시켜서…

이슬아   과대로서 뭘 하셨나요?

오혁   한 건 거의 없고요… 임기 동안 알바를 잘렸어요. 당시 상수동에 있던 '머메이드 타본'이라는 펍에서 알바를 했는데, 과대 일 때문에 못 가니까 사장님이 더 이상 오지 말라고 하셔서… (웃음) 잘렸습니다. 정신없이 살았던 것 같아요. 잠을 거의 안 자면서 지냈어요. 계속 참아왔으니까 이때부터는 닥치는 대로 뭔가 했거든요. 생각나는 것들, 하고 싶은 것들, 계속 행동으로 옮기고 뿜어내고…

이슬아 분출의 시기였네요. 그 생산성이 가능했던 이유는 십 대 시절 뭔가를 계속 보류했기 때문일까요?

오혁 그럴 수도 있다는 생각도 들지만… 만약 십 대 때 충분히 분출할 수 있었더라면 더 좋지 않았을까 싶기도 해요.

이슬아 예술학과라니 이름이 거창한 전공인데요. 그곳에서 무얼 배우셨어요?

오혁 같은 과 선배들이 저보고 그랬어요. 10년에 한 번씩 너 같은 애가 들어온다고.

이슬아 너 같은 애가 뭐죠? 빡빡이를 말하는 건가요?

오혁 그땐 머리가 길었어요. 저 같은 애가 뭔지는 저도 잘 모르겠지만 아마 외모가 희한해서 그렇게 말하지 않았을까요. 스키니진에 치마 입고 다녔거든요. 가죽 재킷 걸치고.

이슬아   하지만 예술학과에서 그 정도의 옷차림은 흔하지
않았나요?

오혁   저도 당연히 그런 사람이 너무 많을 거라고 기대
하고 갔는데 막상 저밖에 없더라고요. 예술학과
의 성향상 온갖 희한한 스타일에 대해 알긴 다 알
지만 본인이 직접 하지는 않는 것 같았어요.

이슬아   전공 수업은 어땠어요?

오혁   사실 제가 학교에서 잘려서…

이슬아   제적인가요?

오혁   제적이에요. 그래도 관심 있던 분야가 분명히 있
었어요. 현대미술에 관심이 특히 많았고요. 음악
을 안 했다면 미술이나 패션 쪽에 발을 걸쳐봤을
것 같아요. 포스트모더니즘 이전의 것들은 약간
지루하더라고요. 그게 1학년 때 배우는 건데. 그
래서 열심히 학교 밖을 돌아다니면서 같이 재밌
는 걸 해볼 사람을 찾았어요. 진짜 많은 사람을

만났어요.

이슬아 음악을 하는 것에 대해 부모님이 많이 반대하셨다고 들었어요. 설득을 열심히 하셨나요?

오혁 굉장히 열심히 했죠.

이슬아 어떻게 설득했죠? 잘할 수 있다고 말했나요?

오혁 저희 부모님은 그렇게 언변으로 설득이 되는 분들이 아니세요. 결과물이 있어야 하는 분들이라서요. 대회도 많이 나가고 오디션도 많이 봤어요. 그것에 대한 결과물을 항상 보여드렸죠.

이슬아 당시 SM, YG, JYP 등 대형 기획사들 오디션에 모두 합격했다면서요. 그래놓고 아무 곳에도 안 들어갔잖아요. 도장 깨기 하듯이 합격만 하고 실제로는 들어갈 생각이 조금도 없었던 거죠?

오혁 그⋯렇습니다.

이슬아　우롱 아닌가요?

오혁　(웃음) 그게…

이슬아　기획사들에 대한 우롱 같은데요. (웃음)

오혁　그렇게 보일 수도 있지만 당시에는 저도 살아야 하니까… (웃음) 입증할 무언가가 간절히 필요했어요. 근데 끝까지 오디션을 봤다면 아마 최종적으로는 떨어졌을 거예요. 3, 4차까지는 갔던 것 같아요.

이슬아　합격 소식을 알리면 부모님은 뭐라고 하셨나요?

오혁　'애가 끼는 있구나' 정도로 여기셨던 것 같아요. 그런 결과물이 없었다면 더 심하게 반대하셨을 거예요. 이런 이유로 음악하는 것에 대해 부모님께 지원을 받지 않았어요. 그러다 두 번째 앨범 나오고부터는 확실히 눈에 보이는 것들이 생기다 보니까 기뻐하시더라고요. 그 후론 지지해주셨어요.

이슬아　　지금은 연희동에 살고 계시죠. 유년기와 10대는 중국에서, 20대는 한국에서 보내셨어요. 〈I have no hometown〉이라는 노래를 쓰기도 하셨는데, 실제로 고향이라고 느끼는 곳이 없으신가요?

오혁　　고향이 없다는 생각을 지금도 해요. 그 곡을 쓸 때 고향이 없는 게 안 좋다고 느꼈어요. 남들에겐 다 고향이 있는데 나만 없는 것 같아서. 그런데 지금은 전반적으로 고향이라는 개념이 딱히 큰 의미가 없는 것 같아요.

이슬아　　모태신앙과 함께 성장하셨는데요. 타의로 성가대 안에 있었다고 했지만, 타의든 자의든 성가대 안에 있다 보면 어쩔 수 없이 찬송가의 아름다움을 알 수밖에 없다고 생각해요. 저는 감리교 기숙학교에서 청소년기를 보내서, 예수님을 믿지 않아도 찬송가를 부르다 감동한 적이 잦거든요. 찬송의 아름다움 때문에요. 오혁에게도 교회 음악이 미친 영향이 있을 거라고 생각했어요.

오혁　　클 것 같아요.

이슬아   혁오 노래의 코러스에서도 간혹 느껴져요. 교회 음악의 흔적이.

오혁   분명히 있을 거예요. 어렸을 때 복음성가를 많이 불렀으니까. 그런 음악의 서정적인 부분들이 제 곡에도 좀 남아 있어요.

이슬아   교회 음악과 더불어 지저스의 영향도 궁금했습니다.

오혁   아, 예수님의 영향이요? (웃음)

이슬아   (웃음) 네. 오혁에게 지저스란 무엇인가요?

오혁   (웃음) 음… 고민이 많죠. 저는 모태신앙이고, 지금까지 해온 모든 경험에 지저스라는 요소가 분명 크게 작용했을 거예요. 딥하게 할 얘기는 아닌 것 같지만 그런 생각은 해요. 신이 있다고 믿거든요. 그 모습을 닮아갈 수 있으면 제일 좋다고 생각하고요.

이슬아　신의 형상이 어떨 거라고 생각하세요?

오혁　이제 그런 의문은 없어요. 어떤 형태라기보다는… 그냥 어떤 형태로든 존재하는 것 같고, 많은 경우 사랑의 형태로 존재하는 것 같아요.

이슬아　아마도 물질이 아니겠죠.

오혁　네. 물질은 확실히 아닌 것 같고요. 아무튼 신이 있다고 믿어요.

이슬아　해를 거듭하며 음악의 색깔이 거듭 변해왔어요. 앨범이 나올 때마다 바로 찾아 듣는 사람으로서 밴드 혁오가 어떻게 변하는 중인지 확인하는 게 참 즐거웠어요. 거의 짜릿할 정도였죠. 20대 초반에 만드신 노래에는 허무한 정서가 짙게 깔려 있었어요. 젊음의 기쁨뿐 아니라 젊음의 괴로움도 담겨있고요. 그리고 "leave me alone"이라는 가사가 여러 곡에 등장해요. 하지만 이십 대 후반으로 올수록 사랑을 응원하는 노래가 메인이 되었어요. "love ya"를 목청껏 외치기도 하고요. 그래서 여쭤봅니다. "leave me alone"와 "love ya"
사이에 무슨 일이 있었던 건가요?

오혁 자연스러운 연결이었던 것 같아요. 과거엔 문제
제기를 하는 선에서 이야기를 끝냈다면… 어느
순간부터는 찾아야 할 가치가 분명히 있는 것 같
았어요. 다들 바쁘고 힘들게 사는 것 같은데 그럼
에도 우리가 찾아야 하는 게 뭘까. 그 생각이 '진
정한 사랑과 행복을 찾는 방법'이라는 주제로 이
어졌어요.

이슬아 그 문장은 《24》 앨범의 부제이기도 하죠. 'How
to find true love and happiness'. 읽자마자 기쁜
마음으로 웃었어요. 용감해졌다고 느꼈어요. 쿨
한 척이나 건조한 척하지 않는 제목이잖아요. 정
면으로 맞서는 질문이고요.

오혁 맞아요. 사실 전시에서 따온 문장이에요. 이런 고
민을 하고 있을 때 베를린에 갔었거든요. 거기서
자주 들른 펍이 있는데, 버려진 포스터들이 펍의
벽면에 붙어 있었어요. 그중 하나의 포스터에 이

문장이 적혀있었고요. 'How to find true love and happiness'. 이 문장을 보고 제가 생각하던 것이라고 느꼈어요.

이슬아 그래서 찾으셨나요? 진정한 사랑과 행복을요.

오혁 음… 어떤 방법으로 찾아야겠다 정도는 알게 된 것 같아요.

이슬아 한 번 찾았다고 해도 지속적인 상태일 수 없죠.

오혁 맞아요. 결국 모든 걸 사랑으로 대하는 태도, 그걸 계속 시도해야 진정한 사랑과 행복에 가까이 갈 수 있겠구나, 정도가 요즘의 생각이에요.

이슬아 공교롭게도 다음 앨범의 제목은 《사랑으로》인데요. 바로 직전 앨범이었던 《24 : How to find true love and happiness》에 대한 대답으로 느껴져요. "어떻게 진정한 사랑과 행복을 찾을 거야?" "사랑으로." 이런 대화처럼요.

오혁   바로 그게 제가 생각했던 거예요.

이슬아   혁오의 노래를 들으며 주목했던 또 다른 주제는 '죽음'이에요. 죽음에 관한 사유가 여러 노래에 흘러서요. 죽음을 자주 상상해오셨나요?

오혁   항상 그래왔어요. 어쨌든 우리에게 딱 하나 결정되어 있는 게 죽음이니까. 어쩔 수 없이 많이 생각하게 됐어요. 특히나 《24》와 《사랑으로》 앨범을 만들 때에는 부정적인 접근이 아닌 방식으로 죽음에 대해 많은 생각을 했어요.

이슬아   죽음 이후는 어떨까요?

오혁   있을 수도 있고 없을 수도 있다고 생각해요. 만약 있다면 저는 어쨌든 신을 닮아가려고 노력하겠죠. 없다면 어쩔 수 없고.

이슬아   저는 저의 장례 절차를 자주 상상하는 편인데요. 자신의 시신 처리 방식에 대해 계획해본 적이 있나요?

오혁 네. 최대한 환경에 피해 안 주는 쪽으로 하고 싶어요. 요즘엔 시체를 얼려서 처리하는 곳이 있대요. 화장을 하면 어쨌든 태우면서 유해한 것이 나오기 때문에. 얼려서… 가는 방식…

이슬아 시체를… 갈아버린다는 말씀이죠?

오혁 네… 간다는 표현이 좀 그렇지만… 어쨌든 구체적으로 생각해본 건 아닌데 제 몸의 장기 상태가 괜찮다면 필요한 누구한테 기증하면 좋겠어요.

이슬아 만드신 노래 중에 저는 〈Die alone〉을 특히 좋아해요. 그 곡에서 가장 좋아하는 가사는 "날 떠날 사람들 얼른들 줄을 서요 (…) 둑을 넘어 줄은 길게도 늘어져 끝이 없네." 이 부분이에요. 서늘하게 좋은 부분이에요. 어떤 마음으로 쓴 가사인지 궁금했어요.

오혁 사람들 사이의 관계를 많이 관찰하는 것 같아요. 지내다 보면 한쪽이 떠나는 경우가 어쩔 수 없이 생기잖아요. 사실 떠나가는 게 디폴트라고 생각

해요.

이슬아   관계가 끝나는 것이요?

오혁   네. 항상 끝나요. 유지하려는 노력이 크지 않으면요. 〈Die alone〉을 쓸 당시에는 제 주변의 많은 것들이 크게 바뀌던 시기였고 인간관계도 변화가 많았어요.

이슬아   힘주어 유지하는 관계도 많은가요?

오혁   인간관계를 넓게 하는 걸 잘 못 하는 편이에요. 좁게 깊게 하는 게 가장 편하고 좋아요.

이슬아   활동하면서 아주 많은 사람을 알게 되었잖아요. 번쩍번쩍한 연예계 친구들도 많이 생기셨을 거고요. 그런데도 여전히 좁고 깊은 관계만 유지하신다면, 체력이 모자라서인가요? 아니면 의심이 많아서인가요?

오혁   음… 하나의 요인은 아닐 것 같은데요. 그냥… 제가 감당을 못하는 것 같아요. 책임도 못 지고…
(웃음)

이슬아 이를테면 잦은 연락과 소통을 힘들어하나요?

오혁 네… (웃음)

이슬아 혼자 있는 시간이 가장 많을 것 같아요.

오혁 맞아요. 그렇지만 노력하고 유지하는 관계들도
분명 있어요.

이슬아 협업자로서의 오혁에 관해서도 이야기해봅시다.
혼자 집중하는 창작의 시간도 있겠지만, 밴드라
는 것 자체가 굉장히 팀 작업이고 회사에 소속된
아티스트로서 수많은 전문가와 협업을 하기도 해
요. 그럴 때마다 오혁은 최종 결정자일 때가 잦을
텐데요. 아까 말씀해주셨듯 오래 고민하는 사람
이잖아요. 그럼 사람들이 기다리겠죠? 독촉도 할
거고요.

오혁   네.

이슬아   독촉해도 서두르지 않고 자기 속도로 결정하죠?

오혁   네… (웃음)

이슬아   저로선 그게 엄청난 배짱처럼 보여요.

오혁   이게 누구 편하자고 대충하면 안 되니까… 최종 결정자로서 부담이 좀 있죠. 밴드는 빨리 갈 수 있는 길도 돌아가게 되는 구조인 것 같아요. 예를 들어 제가 A를 하고 싶은데 나머지 팀원들은 B랑 C를 하고 싶어 해요. 그렇다고 제가 무조건 A로 하자고 할 수는 없어요. 그래서 B와 C를 시도해요. 그것에 대한 결과를 다 같이 확인해요. 그다음 결국 A를 해요. 정말 이렇게 돌아서 가요.

이슬아   B나 C가 더 좋을 수도 있잖아요.

오혁   그럴 수도 있지만… 대체로 A가 좋아요. (웃음) 이렇게 될 수밖에 없는 이유가, 아무래도 최초에

곡을 쓰는 게 저니까… 많은 경우 A로 결론이 났
어요.

이슬아 협업 과정에서 기억나는 싸움이 있나요?

오혁 크게 싸운 적은 없는 것 같아요.

이슬아 회사랑도요?

오혁 회사를 몇 번 옮겨봤는데 싸울 것 같은 회사는 안
가는 게 맞는 것 같아요. 두루두루 아티스트 컴퍼
니는 제가 하고 싶은 것에 있어서 전폭적인 지지
를 해주시니까 싸울 일이 없었어요.

이슬아 전폭적인 지지 속에서 다양한 뮤직비디오 작업도
하셨지요. 제가 가장 좋아하는 건 2017년에 발표
한 《Wanli 万里》의 뮤직비디오예요. 몽골의 황야
에서 찍으셨잖아요. 이거 찍을 때 진짜 재밌었을
것 같아요. 너무 너무!

오혁 진짜 그랬어요. 제일 재밌는 촬영이었어요.

이슬아　근데 황야의 햇볕이 워낙 세서 찍다가 두피가 까졌다면서요. (웃음)

오혁　네. 정수리에 화상을 좀 입었어요. (웃음)

이슬아　하여간 끝내주는 뮤비예요. 25톤 트레일러 타고 달리면서 연주할 때 도대체 느낌이 어땠어요?

오혁　너무 재밌었죠. 기분이 진짜 좋았어요. 별의별 생각이 다 들더라고요. 우리가 몽골에서 대형 트럭을 빌려서 이렇게 뮤직비디오를 찍고 있네… 그렇게 생각하는 와중에 눈에 모래 막 들어가고… (웃음) 몽골의 그 로케이션이 참 신기한 장소였던 게, 겨우 5미터 거리처럼 보이는 장소도 막상 걸어가 보면 30분이나 걸려요. 모든 게 너무 먼 거예요. 그런데 목적지에 다다르는 길 사이에 아무것도 없으니까 시야가 탁 트여서… 몽골 분들 눈이 좋다는 얘기가 거짓말이 아닌 것 같더라고요.

이슬아　뮤직비디오 중간에 말들이 멋지게 등장하잖아요.

처음 봤을 땐 당연히 CG일 줄 알았어요. 그런데 진짜로 말을 황야에 푸셨더라고요?

오혁 네. 말 천 필을 빌려서…

이슬아 뭐라고요? 천 필?

오혁 네. 저희 뮤비를 제작해주신 '마더'라는 팀에서 몇 달 전에 말을 미리 빌려놓으셨어요. 유목민 분께 직접 연락해서 부킹을 한 거죠. 천 필을 한 번에 가진 유목민이 안 계셔서, 각각 오백 필씩 가지고 있는 형제분들이랑 약속을 했어요. 형님 분한테 오백 필, 아우 분한테 오백 필, 그렇게 대여한 거죠. 두 달 뒤에 우리가 촬영하러 갈 거니 그때 빌려 달라, 이렇게 협상했고 서로 오케이를 했어요. 근데 막상 몽골에 가보니까 약속한 자리에 유목민 형제도 없고 말도 없고 아무것도 없는 거예요.

이슬아 어디 갔어요?

오혁　알고 보니 그분들이 진짜로 유목민이라서… 실제로 거주지를 이동하셨더라고요. 그래서 쫓아갔죠.

이슬아　그들의 이동 경로를 추측해서요?

오혁　네. 쫓아가서 찾았어요. 말 빌리러…

이슬아　굉장하다.

오혁　그분들이 염소도 키우시는데요. 뭐 먹고 싶냐고 물어보길래 제가 염소 구이를 먹고 싶다고 했어요. 몽골 가기 전에 미리 검색해봤거든요. 염소 안에 뜨거운 돌을 넣어서 굽는 방식이 있더라고요. 그럼 속까지 잘 익는대요. 먹고 싶다 하니까 얼마 후에 염소 잡는 소리가 났어요.

이슬아　먹어보니 어떠셨어요?

오혁　누린내가 나서 막상 잘 못 먹었어요. 현지인 분들은 잘 드시더라고요.

이슬아　말 천 필과의 촬영은 수월했나요?

오혁　몽골 말들이 생각보다 작아요. 제주도 말처럼 귀엽고 겁도 많아서… 저희가 드럼을 치면 화들짝 놀라서 도망가요. 드럼 소리가 커서 겁을 먹는 거예요. 그렇게 한 번 도망가면 다시 잡아 오는 데 30분 넘게 걸려요. 유목민 형제분들이 많이 도와주셨죠. 앞에서 몰아주시고, 경로를 정리해주시고…

이슬아　어마어마한 촬영이었네요. 비하인드 스토리가 궁금했던 곡이 또 있어요.

오혁　어떤 곡이에요?

이슬아　2018년에 발표한 〈Gang Gang Schiele〉라는 곡이요. '강강술래'라니, 정말 의외의 신곡이었고 참 좋았어요. 그 노래의 가사는 다 영어인데 오직 한 문장만 한국어예요. 정말 미안하다는 말만 한국어로 부르죠. 미안하다는 말을 발음하는 오혁의 방식이 너무 좋다고 느꼈어요. 작은 목소리로 털

어놓듯, 가까이에서 고백하듯 말하잖아요. 이때 알게 되었어요. 중요한 말일수록 작게 노래해야 하는구나… 영어 가사 사이에서 정말 미안하다는 말이 툭 흘러나오니까, 너무 가슴 아프게 그리고 진실처럼 들리는 거예요.

오혁 말씀하신 것처럼, 딱 그런 이유로 그 곡을 그렇게 만든 것 같아요. 어렸을 때부터 '미안'이라는 단어를 되게 좋아했어요. 미안. 그 소리를요.

이슬아 미안…. 그러게요. 새삼 예쁘네요.

오혁 언젠가는 꼭 노래에 잘 써야지 라고 생각했는데 마침 〈Gang Gang Schiele〉에서 '미안'을 잘 만나게 되었어요.

이슬아 베를린에 있을 때 작업한 노래죠? 남북 관계를 암시하는 노래이기도 한데요. 해외에 체류하면서 남한과 북한을 바라보니 다르게 감각되는 부분이 있었나요? 동독 서독으로 나뉘어 있던 나라에서 만든 노래라 더욱더 그랬을지도 모르겠어요.

오혁　이 곡을 쓰던 시기에 저에게 두 가지 사건이 있었어요. 하나는 북한과 통일을 하네 마네 이런 뉴스들이 막 쏟아지던 시기였어요. 심지어 CNN에서는 전쟁이 끝났다는 얘기도 나왔고요.

이슬아　판문점 선언이 있던 시기였죠?

오혁　네. 대통령이 방북하던 시기였고요. 그리고 또 다른 사건은 제가 한다솜이라는 오래된 친구랑 정말 크게 싸웠어요.

이슬아　사과했나요?

오혁　굉장히 많이 사과했어요. 풀릴 때까지.

이슬아　두 개의 중요한 화해가 있던 시기에 만든 노래네요. 오혁의 가사에는 시간이 지날수록 전에 없던 체력이 붙은 것 같아요. 말씀하셨듯 초반의 앨범에는 문제 제기를 하고 그쳤다면, 최근작으로 올수록 이런 생각이 드는 거예요. '다른 사람을 응원할 체력이 오혁에게 생겼구나.'

오혁 응원 맞아요. 스스로에 대한 응원이기도 하고 다른 사람에 대한 응원이기도 하고.

이슬아 자신을 응원할 수 있는 사람이 다른 사람도 응원할 수 있으니까요.

오혁 맞아요. 체력이 생겼어요. 주로 제 이야기를 다루면서 곡을 풀어내지만, 다른 사람들의 삶도 관찰하잖아요. 나만 이런 생각을 하지는 않을 거라는 느낌이 들어요.

이슬아 보편적인 이야기를 건드리는 감각일 것 같아요. 가장 최근에 발매한 앨범이 《사랑으로》인데, 늘 최신작이 요즘의 자신과 가장 닮아 있나요?

오혁 네. 항상 최근 앨범이 제 상태를 대변해주는 것 같아요. 아까 말씀드렸듯 사랑하려고 노력하고 있어요.

이슬아 무엇이 두려우세요?

오혁　　음… 감을 잃는 것?

이슬아　감을 잃어서 후진 것을 만들까 봐요?

오혁　　네. 그조차도 인지 못할 정도로 감을 잃을까 봐. 내가 만든 게 별로라는 걸 못 느끼게 될까 봐. 그게 가장 큰 두려움이에요.

이슬아　오래 하고 싶기 때문인가요?

오혁　　그냥 오래 하는 건 그야말로 무의미한 것 같아요. 잘하고 싶어서예요. 부끄럽지 않게 잘하고 싶어요.

오혁과의 대화를 그대로 옮겨 적는다면 아주 여러 번의 말줄임표를 써야 할 것이다.

그가 숙고하는 동안 흐르는 침묵 속에서 나는 그의 완벽한 두상과 손가락들을 보며 다음 말을 기다린다. 이러한 공백 없이 말하는 사람이었다면 노래 같은 건 만들지 않았을지도 모르겠다고 짐작하면서. 대답과 대답 사이의 공백을 너무 소중히 여기면서.

허무와 회의의 세계로부터 사랑과 응원의 세계로 이동해온 오혁의 노래들을 시간순으로 다시 듣는다. 이십 대에서 삼십 대가 되는 동안 일어난 일들이다. 그 노래들은 나를 조금 과묵하게 만든다. 과묵 속에서도 충분하다고 느끼게 한다. 그러므로 소망하고 있다. 멋과 미를 품은 이 사람에게 그저 체력이 주어지기를. 불안을 견딜 체력. 심사숙고할 체력. 새로워질 체력. 죽음을 잊지 않을 체력. 그 체력으로 그는 다음 노래를 부를 것이다. 그가 생을 안타까워하는 만큼 그리고 사랑하는 만큼 노래는 아름다울 것이다.

사진: 류한경
녹취록 작성: 양다솔

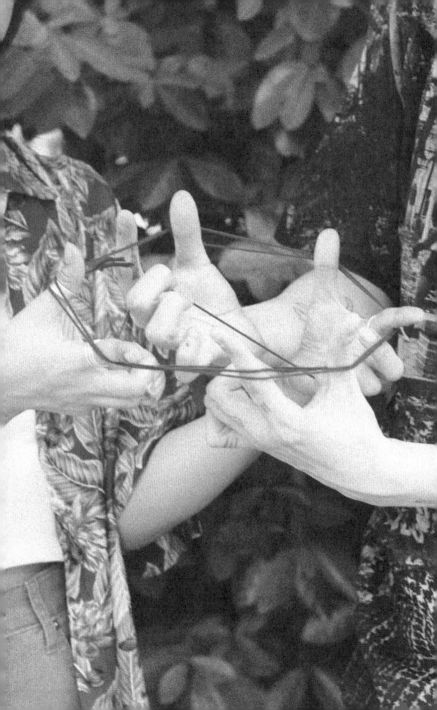

인터뷰는 결코 누군가를 가장 잘 드러내는 방식일 수 없다. 공개되는 대화이고 현장은 촬영되며 인터뷰어나 인터뷰이나 그 사실을 아는 채로 마주 앉는 구조다. 어쩔 수 없이 몸과 마음을 사리게 된다. 이런 만남에서 진실을 길어올리기란 쉽지 않다. 누군가에 관해 꼭 써야 한다면 인터뷰 요청 대신 그가 모는 차의 조수석에 앉아보는 편을 택하겠다. 혹은 여러 사람들 틈에 섞여 그를 바라보는 것도 좋겠다. 상대가 나에게 주의를 기울이고 있지 않은 틈을 타 그를 묵묵히 관찰할 때 더 많은 것을 알게 되었던 것 같다.

그럼에도 불구하고 인터뷰어로서 일한다. 정성스레 시간을 들여 물어봐야만 알게 되는 것들과 그가 실제로 했던 말을 옮겨적다가 비로소 해석하게 되는 것들이 많아서다. 인터뷰 한 편이 누군가의 작은 일부일 수밖에 없다는 사실을 잊지 않으면서도 녹음된 대화를 소중히 여기며 원고를 썼다. 여섯 명의 인터뷰이들은 어느새 이 책으로부터 성큼성큼 멀어지고 있다. 다음 창작을 향해 가는 그들을 본다. 나와 그들은 어느새 조금 더 친구가 되어있다. 인터뷰는 겨우 출발이었을 뿐이다.

최근의 술자리에서 황소윤이 내게 물었다. 창작자에게 특히 필요한 자질이 무엇이라고 생각하냐고. 나는 만족스럽지 않은 결과를 견디면서 계속하는 힘이라고 대답했다. 언제나 맘에 쏙 드는 것만을 내놓는 창작자도 어딘가엔 있겠지만 나는 그런 창작자가 아니다. 나랑 비슷한 창작자라면 지나친 엄격함에 짓눌리지 않도록 애쓰며 무언가를 만들고 있을 듯하다. 스스로를 다그치다가 나가떨어지지 않도록 주의하곤 한다. 반복하면 더 잘하게 된다고 격려하며 자신을 너그럽게 다룬다. 이 책의 창작자들에게서도 그런 마음의 균형을 본다. 우리는 아마도 이 짓을 오래 할 것이다. 오래하는 동안 어떤 식으로든 달라질 것이다.

나 같은 걸 내놓으면서도, 자기 자신으로부터 해방될 수 있다는 게 가끔은 믿기지 않는다. 그게 창작의 어려움이자 축복이라고 생각한다. 동시에 모두 농담같은 일이라고

397

도 생각한다. 네 손으로 하는 실뜨기처럼, 괜히 손가락에 실을 걸고 허공에 띄우며 이리저리 놀아보는 것처럼, 창작은 재밌고 복잡하고 허탈한 무엇 같다. 내가 뭘 하고 있는지 정확히 알아봐줄 한 사람을 상상하는 것만으로도 이 짓을 계속할 수 있게 된다.

동시에 나란히 출간한 『새 마음으로』와 『창작과 농담』은 최진규 선생님과 함께 만들었다. 선생님은 포도밭 출판사의 대표이자 헤엄 출판사의 모든 책을 다듬어주시는 든든한 동료다. 꼼꼼하고 다정하신 선생님 덕분에 만들고 싶은 대로 책을 만들며 시리즈를 쌓아가고 있다. 만들고 싶은 대로 만들 수 있다는 게 얼마나 행운인지 모른다. 생생한 현장을 멋지게 촬영해준 사진가들과 녹취를 풀어준 동료들에게도 고마움을 전한다.

그리고 지난 4년간 나와 함께 창작에 관한 농담을 가장 많이 나눴던 강산에게 사랑과 우정을 보낸다. 유머를 잃지 않은 채로 계속하고 싶다.

2021년 늦가을 정릉에서
이슬아

창작과 농담

이슬아 지음

초판 1쇄 발행 2021년 11월 11일
초판 2쇄 발행 2021년 11월 12일

펴낸곳 헤엄 출판사
펴낸이 이슬아
등록 2018년 12월 3일 제2018-000316호
팩스 050-7993-6049
전화 010-9921-6049
전자우편 hey_uhm_@naver.com

아트디렉션 이슬아
디자인 최진규
교정교열 최진규
표지 사진 류한경
프로필 사진 이훤
프롤로그 · 에필로그 사진 이훤
인터뷰 사진 류한경, 황예지
녹취록 작성 김도연, 김지영, 양다솔
로고디자인 하마
제작 · 제책 세걸음

ISBN 979-11-976341-1-6 03810